哈福

哈福

哈福

到韓國旅遊，看這本就夠了

世界最簡單
自助旅行韓語

一生必去的韓劇和韓國熱門景點，簡單韓語就行了！
迅速教會你敢講、敢說，一個人到韓國旅遊也不怕！

附QR碼線上音檔
行動學習 即刷即聽

朴永美・林大君 ◎合著

哈福

羅馬拼音輔助
不會韓文，也能玩瘋韓國

　　如果你只是想去韓國旅遊的觀光客，難得計畫一趟旅行，想徹底放鬆心情，順便好好充個電，可是礙於不會說韓語，所以，只好參加旅行團的既定行程，無法自遊的觀光。

　　這樣不是很可惜嗎？雖然旅行社把食宿、參觀景點的問題都打理好了。可是相對的，旅行的樂趣，也減少許多。就算自己之前不懂韓語，可是在韓國能用韓語跟當地人溝通，那種成就感和奇妙的經驗，將為你的韓國之旅，增添許多快樂、有趣的回憶。

　　那麼，到韓國觀光，想要買東西，但該怎麼殺價？你要因為不會說韓語，而花大錢當冤大頭，還是花點小錢，學會用韓語殺價？

　　或者到當地餐館享受美食，面對又是圈又是方塊的文字，該如何點道地的韓國佳餚？

　　面對各式的交通工具，發達的地鐵、公車、計程車，該如何正確的搭乘，免於迷路的危機？

　　本書囊括旅遊韓國時，所應必備的各式簡單觀光韓語，如：食、衣、住、行、育、樂等。從踏上韓國國際機場開始，所有在韓國觀光時，會面臨的情境會話，盡在本書中。

　　你不用擔心自己完全不懂韓語，或者擔心自己無法在短

時間內，學會說韓語。因為書中所有的會話，都標註了羅馬拼音，你只要看羅馬拼音，就能立刻說出韓語，完全沒有學習上的負擔。

　　此外，每個句子都附有可替換的新單字，你只要更換關鍵單字，就是一個新的句子，你可以依照自己當時的需求，說出適當的會話。旅遊的樂趣不僅在於shopping，還在於體驗異國的風俗民情，以及實際到當地接觸該國的語言，而這個學習語言的機會，也是旅行的附加價值之一。

　　很多人在傳授別人如何成功學習外語時，都會建議學習者：實際到當地留學、遊學或觀光一段期間。這個用意主要在於讓學習者，完全沈浸在外語的環境，在沒有中文的輔助之下，身在異鄉，勢必只能運用外語來解決溝通的問題，如此一來，外語能力自然會在無形中提升不少。

　　因此，如果你是想要學好韓語的哈韓族，或是韓文系的同學，實際到韓國走一遭，在聽、說能力方面，絕對有很大的幫助。畢竟，你在台灣跟同學或朋友練習時，很容易因為韓語不夠輪轉，所以，用中文輔助說明。

　　可是，如果是在韓國，就不一樣了，韓國人不會配合你說中文或英語，因此，你想跟當地人溝通就只能說韓語，那

怕只是隻字片語，還是能激發你開口說的勇氣，而這樣的勇氣，對學語言來說，是非常重要的。

本書附有免費下載線上MP3，是特請專業的錄音老師，以純正的韓國標準首爾音錄製而成。韓語念兩遍，中文念一遍，隨時隨地，搭配學習，將有助於你掌握念羅馬拼音的技巧，更快的學好觀光韓語。

本書告訴您：

1.輕鬆學好旅遊韓語，最簡單的方法

2.說一口流利觀光韓語的方法

這將會是改變你一生的機會！把握住，跟著學，一步一步來，你會很訝異自己進步的神速！

感謝韓國觀光公社台北支社所提供的各項資料。

第八章 交通

第九章 在銀行

第一章

韓語發音規則

韓語的拼音方法

　　在韓語的拼音結構中，分「初聲」、「中聲」和「終聲」，發音的順序依次是「初聲」、「中聲」、「終聲」。以「딸」字為例：

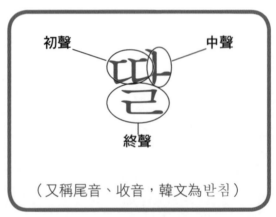

（又稱尾音、收音，韓文為받침）

　　初聲「ㄸ」（發ㄉ的音），中聲「ㅏ」（發ㄚ的音），終聲「ㄹ」（發捲舌的ㄦ音），所以拼音順序依次為「ㄉㄚㄦ」。「딸」這個字是指「女兒」的意思。

　　想要學會韓語，一定要先認識韓語中每個字母的發音，以及它的拼音方式。只要掌握這些學習技巧，就算你不認識這個字，也能正確的念出它的音。

連音現象

在韓文相連的單字中，如果出現有終聲（받침）的字尾，後面接的是母音「ㅇ」時，因為母音「ㅇ」在字首不發音，所以，前面的終聲子音要移到後面，和母音「ㅇ」一起發音，產生「連音現象」。

以호텔에（飯店）為例：텔有終聲音「ㄹ」，後面接的是「ㅇ」開頭的字，所以要連音。

連音的方式是把尾音「ㄹ」移到後面，而母音「ㅇ」在字首不發音，所以要念成【호테레】【ho-te-re】，如果只有호텔，不連音時則按照原來的字念【호텔】【ho-tel】。

又例如：옷이，옷單獨念時要念【옷】，「ㅅ」當尾音念時發【t】的音，羅馬拼音為【ot】。옷이因為「ㅅ」後面接了母音「ㅇ」，所以，子音「ㅅ」要移到後面和母音「ㅇ」一起發音，此時「ㅅ」變成字首，要發【s】的音，因此，옷이要唸成【오시】，羅馬拼音為【o-si】。其他詳細的發音規則，可閱讀下面表格中的說明。

子音發音介紹表

子音	羅馬拼音規則解說	舉例
ㄱ	母音前，發音 g，子音前或詞尾發 k。	고기 gogi 牛肉
	發 k 音時，後面若接 l、m、n 音則變音 ng	문학류 munhangnyu 文學類
ㄲ	發 kk 的音。	꽁치 kkong chi 秋刀魚
ㄴ	發 n 的音。	녹차 nog cha 綠茶
	前、後接 l 音時，變音 l。	실내 sil lae 室內
ㄷ	母音前發音 d，子音前或詞尾發 t 音。	동전 dong jeon 銅板；싸다 ssa da 便宜
ㄸ	發 tt 的音。	딸기 ttal gi 草莓
ㄹ	母音前發音 r,子音前或詞尾發 l。但若有 ㄹㄹ 的情況, 發 ll。	레몬 lei mon 檸檬
	若前面的尾音（字母的最後一個音）是 n、m、ng，則變音 n。	문학류 moon hang nyoo 文學類
ㅁ	發 m 的音。	무 moo 蘿蔔

子音	羅馬拼音規則解說	舉例
ㅂ	母音前發音 b，子音前或詞尾發 p。	배추 <u>b</u>ae choo 大白菜；두부 too <u>b</u>oo 豆腐
	後接 l、n 音時，變音 m。	소리없는 so li eo<u>m</u> neun 靜音
ㅃ	發 pp 的音。	빵 <u>pp</u>ang 麵包
ㅅ	在母音前發 s 的音，字尾發 t 的音。	사이다 <u>s</u>a i da 汽水
	後面接母音或接同樣ㅅ，則恢復 s。＊例外：後接잎字時，變音為 n nip	옷을 접다 o <u>s</u>eul jeop da 折衣服 칫솔 chi <u>ss</u>ol 牙刷 나뭇잎 na moon nip 樹葉
ㅆ	發 ss 的音，字尾或子音前發 t 的音。	쌍조 <u>ss</u>ang jo 雙槽；하자가 있다 ha ja ga i<u>t</u> da 有瑕疵
ㅇ	在頭音不發音，尾音發 ng 的音。	동전 do<u>ng</u> jeon 銅板
ㅈ	發 j 的音，子音前或字尾發 t 的音。	저음 <u>j</u>eo eum 低音；찾기 cha<u>t</u> gi 搜尋
	後面接母音則恢復 j 音。	책꽂이 chaeg kko<u>j</u> i 書架

子音	羅馬拼音規則解說	舉例
ㅉ	發 jj 的音。	짧은 자 <u>jj</u>al beun ja 短尺
ㅊ	發 ch 的音，子音或字尾發 t 的音。	참새 <u>ch</u>am sae 麻雀； 꽃 kko<u>t</u> 花
	後接母音則恢復 ch。	꽃이 피다 kko<u>ch</u> i pi da 開花
ㅋ	發 k 的音。	포크 po <u>k</u>eu 叉子
ㅌ	發 t 的音。	팀 <u>t</u>im 球隊 ＊例外：같이 kach i 一起
ㅍ	發 p 的音。	포크 <u>p</u>o keu 叉子
ㅎ	發 h 的音。 前後若有子音時，結合子音發音上揚如國語的一聲。	허리띠 <u>h</u>eo ri ddi 腰帶

PS：

※ 尾音 ㄷ，ㅅ，ㅆ，ㅈ，ㅊ，ㅌ 同子音「ㄷ」的發音原則處理。

※ 尾音為 d、t（ㄷ、ㅅ、ㅆ、ㅈ、ㅊ、ㅌ），後接 n（ㄴ）音時，變音為 n。

母音發音介紹表

母音	羅馬拼音規則解説	母音	羅馬拼音規則解説
ㅏ	發 a 的音。	ㅐ	發 ae 的音。
ㅑ	發 ya 的音。	ㅒ	發 yae 的音。
ㅓ	發 eo 的音。	ㅔ	發 e 的音。
ㅕ	發 yeo 的音。	ㅖ	發 ye 的音。
ㅗ	發 o 的音	ㅚ	發 oe 的音。
ㅛ	發 yo 的音。	ㅙ	發 wae 的音。
ㅜ	發 u 的音。	ㅘ	發 wa 的音。
ㅠ	發 yu 的音。	ㅝ	發 wo 的音。
ㅡ	發 eu 的音。	ㅟ	發 wi 的音。
ㅣ	發 i 的音。	ㅞ	發 we 的音。

雙子音發音介紹表

雙子音尾音	後接子音時的發音（只發一個音）	後接母音（ㅇ）時的發音
ㄳ	k	k sa
ㄺ	l	l ga
ㄵ	n	n ja
ㄶ	n	na（ㅎ不發音）
ㄼ	l	l ba
ㄽ	l	l sa
ㄾ	l	l ta
ㅀ	l	la（ㅎ不發音）
ㄻ	l	l ma
ㅄ	p	p sa
ㄿ	l	l pa

閱讀說明

為了方便讀者學習，本書內文皆標示了羅馬拼音。

❶ 羅馬拼音中，以（ - ）來區隔每個韓文字的拼音。例如：

여권 좀 보여 주시겠습니까？

yeo-gwon jom bo-yeo ju-si-get-seum-ni-kka?

여是 yeo，권是 gwon，韓文中有空格處，羅馬拼音也有

空格，以此類推。

❷ 字尾若有連音現象，則羅馬拼音標示在下個字的字首。

집입니다.

ji-mim-ni-da.

❸ 標有底線的字，可以依照需求，替換成表格中的單字。

저는 관광하러 왔습니다.

jeo-neun gwang-wang-ha-reo wat-seum-ni-da.

我是來觀光的。

유학	방문	업무
yu-hak	bang-mun	eom-mu
留學	探親	工作

韓語旅遊心情語錄

第二章

基本用句

인사말

in-sa-mal

 禮貌用語

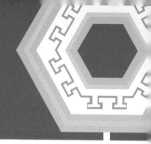

◐ 안녕하십니까?

an-nyeong-ha-sip-ni-kka?

你好嗎?

◐ 잘 있습니다. 당신은요?

jal it-seum-ni-da .dang-si-neu-nyo?

我很好,你呢?

◐ 요즘 잘 지내십니까?

yo-jeum jal ji-nae-sim-ni-kka?

最近過得好嗎?

◐ 오래간만입니다.

o-rae-gan-ma-nim-ni-da .

好久不見。

◐ 만나서 반갑습니다.

man-na-seo ban-gap-seum-ni-da .

很高興見到你。

◑ 안녕히　가십시오.

an-nyeong-hi ga-sip-si-o .

再見！（對走的人說）

◑ 안녕히　계십시오.

ann-yeong-hi gye-sip-si-o .

再見！（對留的人說）

◑ 안녕히　주무셨습니까 ?

ann-yeong-hi ju-mu-syeot-seum-ni-kka?

早安！（晚輩對長輩說）

◑ 잘　잤니 ?

jal jan-ni?

早安！（長輩對晚輩說）

◑ 안녕히　주무십시오 !

ann-yeong-hi ju-mu-sip-si-o!

晚安！（晚輩對長輩說）

◑ 잘　자라 !

jal ja-ra!

晚安！（長輩對晚輩說）

◑ 안녕히　다녀오십시오.

an-nyeong-hi da-nyeo-o-sip-si-o .

請慢走。（晚輩對出門的長輩說）

◑ 잘　다녀와라.

jal da-nyeo-wa-ra .

慢走。（長輩對出門的晚輩說）

◑ 다녀오겠습니다.

da-nyeo-o-get-seum-ni-da .

我要出門了。（晚輩出門時對長輩說）

◑ 다녀올께.

da-nyeo-ol-kke .

我走了。（長輩出門時對晚輩說）

◑ 다녀오셨습니까？

da-nyeo-o-syeot-seum-ni-kka?

您回來了。（晚輩對回來的長輩說）

◑ 다녀왔구나！

da-nyeo-wat-gu-na!

你回來啦！（長輩對回來的晚輩說）

◑ 다녀왔습니다.

da-nyeo-wat-seum-ni-da .

我回來了。（晚輩對長輩說）

◑ 다녀왔다.

da-nyeo-wat-da .

我回來了。（長輩對晚輩說）

◑ 잘　먹겠습니다.

jal meok-get-seum-ni-da .

我要開動了。（晚輩對長輩說）

◑ 잘 먹겠다.

jal meok-get-da .

我要開動了。（長輩對晚輩說）

◑ 많이 드십시오.

ma-ni deu-sip-si-o .

請多吃一點。

◑ 많이 먹었습니다.

ma-ni meo-keot-seum-ni-da .

我吃飽了。（晚輩對長輩說說）

◑ 많이 먹었다.

ma-ni meo-keot-da .

我吃飽了。（長輩對晚輩說）

◑ 고맙습니다.

go-map-seum-ni-da .

謝謝你。

천만에요.

cheon-ma-ne-yo .

不客氣。

미안합니다.

mi-a-nham-ni-da .

對不起。

실례합니다.

sil-lye-ham-ni-da .

失禮了。

괜찮습니다.

gwaen-chan-sseum-ni-da .

沒關係。

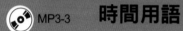
◐ 잘 부탁합니다.

jal bu-tak-ham-ni-da .

麻煩你了。

◐ 지금 몇 시입니까?

ji-geum myeot si-im-ni-kka?

請問現在幾點？

◐ 4시 가까이 되었습니다.

ne-si ga-kka-i doe-eot-seum-ni-da

快四點了。

◐ 12시 10분 전입니다.

yeol-du-si sip-bun jeon-im-ni-da .

還差十分十二點。

◐ 지금 8시 25분입니다.

ji-geum yeo-deol-si i-si-bo-bu-nim-ni-da .

現在是八點二十五分。

◑ 벌써 7시 반이 되었습니다.

beol-sseo il-gop-si ba-ni doe-eot-seum-ni-da .

已經七點半了。

◑ 오늘 며칠입니까?

o-neul myeo-chil-im-ni-kka?

今天幾號？

◑ 오늘은 3월 8일입니다.

o-neu-reun sam-wol-pa-rilim-ni-da .

今天是三月八號。

◑ 오늘을 1월 26일입니다.

o-neu-reul i-rwor-i-sim-nyu-ki-rim-ni-da .

今天是一月二十六日。

◑ 오늘 무슨 요일입니까?

o-neul mu-seun yo-i-rim-ni-kka?

今天星期幾？

◐ 오늘 월요일입니다.

o-neul wo-ryo-i-rim-ni-kka?

今天是星期一。

◐ 어제 화요일이었습니다.

eo-je hwa-yo-i-ri-eot-seum-ni-da .

昨天是星期二。

◐ 그저께는 수요일이었습니다.

geu-jeo-kke-neun su-yo-i-ri-eot-seum-ni-da .

前天是星期三。

◐ 엊그제는 목요일이었습니다.

eot-geu-je-neun mong-nyo-i-ri-eot-seum-ni-da .

大前天是星期四。

◐ 내일은 금요일입니다.

nae-i-reun geum-nyo-i-rim-ni-da .

明天是星期五。

◑ 모레는 토요일입니다.

mo-re-neun to-yo-i-rim-ni-da .

後天是星期六。

◑ 글피는 일요일입니다.

geul-pi-neun i-ryo-i-rim-ni-da

大後天是星期日。

◑ 이번 주.

i-beon ju .

這個星期。

◑ 매일.

mae-il .

每天。

◑ 아침.

a-chim .

早上。

◑ 점심　때.

jeom-sim ttae .

中午。

◑ 저녁.

jeo-nyeok .

晚上。

◑ 다음달.

da-eum-dal .

下個月。

◑ 올해.

o-lhae .

今年。

◑ 내년.

nae-nyeon .

明年。

3 계산단위

gye-san-dan-wi

 MP3-4 計量單位

◑ 개

gae

個

◑ 권

gwon

本；冊

◑ 장

jang

張

◑ 가치

ga-chi

枝

◑ 병

byeong

瓶

◑ 분

bun

位

◐ 마리

ma-ri

隻

◑ 마리

ma-ri

頭

◐ 쌍

ssang

雙

◑ 세트

se-teu

套

보루

bo-ru

條

대

dae

台

봉지

bong-ji

包

◑ 어느 나라 사람입니까?

eo-neu na-ra sa-ra-mim-ni-kka?

你是哪一國人？

◑ 성함이 어떻게 되십니까?

seon-gha-mi eo-tteo-ke doe-sim-ni-kka?

請問您貴姓大名？

◑ 저의 이름은 유소영입니다.

jeo-ui i-reu-meun yu-so-yeong-im-ni-da .

我的名字是劉小瑛。

◑ 저는 대만 사람입니다.

jeo-neun dae-man sa-ra-mim-ni-da .

我是台灣人。

◑ 저는 학생입니다.

jeo-neun hak-saeng-im-ni-da .

我是學生。

◑ 저는 가정 주부입니다.

jeo-neun ga-jeong ju-bu-im-ni-da .

我是家庭主婦。

◑ 저는 회사원입니다.

jeo-neun hoe-sa-wo-nim-ni-da .

我是上班族。

◑ 저는 올해 21 살입니다.

jeo-neun o-lhae seu-mul-han-sa-rim-ni-da .

我今年二十一歲。

◑ 저는 호랑이 띠입니다.

jeo-neun ho-rang-i tti-im-ni-da .

我的生肖屬虎。

◑ 저는 한국어 배우기를 좋아합니다.

jeo-neun han-guk-eo bae-u-gi-reul jo-a-ham-ni-da .

我喜歡學韓語。

◑ 저는 운동과 독서를 좋아합니다.

jeo-neun un-dong-gwa dok-seo-reul jo-a-ham-ni-da
.

我喜歡運動和看書。

◑ 저는 결혼했습니다.

jeo-neun gyeo-lhon-haet-seum-ni-da .

我已經結婚了。

◑ 저는 아직 여자친구가 없습니다.

jeo-neun a-jik yeo-ja-chin-gu-ga eop-seum-ni-da .

我還沒有女朋友。

◑ 알게 되어 반갑습니다.

al-ge doe-eo ban-gap-seum-ni-da .

很高興認識你。

◑ 처음 뵙겠습니다, 잘 부탁 드립니다.

cheo-eum boep-get-seum-ni-da, jal bu-tak deu-rim-
ni-da .

初次見面，請多多指教。

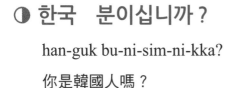

◑ 한국 분이십니까 ?

han-guk bu-ni-sim-ni-kka?

你是韓國人嗎 ?

◑ 네, 저는 한국 사람입니다.

ne, jeo-neun han-guk sa-ra-mim-ni-da .

是的，我是韓國人。

◑ 아니오, 저는 한국사람이 아닙니다.

a-ni-o, jeo-neun han-guk-sa-ra-mi a-nim-ni-da .

不是，我不是韓國人。

◑ 이것은 무엇입니까 ?

i-geo-seun mu-eo-sim-ni-kka?

這是什麼 ?

◑ 저것은 무엇입니까.

jeo-geo-seun mu-eo-sim-ni-kka .

那是什麼 ?

韓語旅遊心情語錄

第三章

在仁川機場

◆여권 좀 보여 주시겠습니까?

<u>yeo-gwon</u> jom bo-yeo-ju-si-get-seum-ni-kka?

請把<u>護照</u>讓我看一下。

차표	신분증	입장권
cha-pyo	sin-bun-jeung	ip-jang-gwon
車票	身分證	入場券

◆네, 여기 있습니다.

ne yeo-gi it-seum-ni-da.

好的，在這裡。

當海關人員請你出示證件時，可以用這句話回答。也可以簡單的回答：예或네（是），並同時把護照；證件遞給對方。

◆저는 관광하러 왔습니다.

jeo-neun <u>gwang-wang</u>-ha-reo wat-seum-ni-da.

我是來<u>觀光</u>的。

유학	방문	업무
yu-hak	bang-mun	eom-mu
留學	探親	工作

◆ 저는 열흘 머물 것입니다.

jeo-neun yeo-lheul meo-mul geo-sim-ni-da.

我要停留十天。

삼 주일	두 달	일년
Sam ju-il	du dal	il-lyeon
三個星期	兩個月	一年

◆ 저는 한국에 처음 왔습니다.

jeo-neun han-gu-ke cheo-eum wat-seum-ni-da.

我第一次來韓國。

두 번째	세 번째	네 번째
du beon-jjae	se beon-jjae	ne beon-jjae
第二次	第三次	第四次

◆ 저는 회사원입니다.

jeo-neun hoe-sa-wo-nim-ni-da.

我是公司職員。

학생	가정주부	엔지니어
hak-saeng	ga-jeong-ju-bu	en-ji-ni-eo
學生	家庭主婦	工程師

◆저는 신고할 것이 없습니다.

jeo-neun sin-go-hal geo-si eop-seum-ni-da.

我沒有要申報的東西。

■ **海關申報**

持台灣護照到韓國觀光，可免簽證在韓國停留 90 天。
入境韓國時，需提交出入境卡及海關申報單，空白資料會
在飛機上發給觀光客。

* **入境免稅品**

1 三十萬韓幣以內的物品。

2 香水 2oz。

3 酒一瓶（1 公升）。

4 香煙兩百支，雪茄五十條或其他煙製品 250 克以內。

* **需要申報的物品**

一萬美元以上之現金、支票，或是等值的外國貨幣。

* **禁止攜帶入境的物品**

影響國家安全的物品、淫穢物品，有損公共利益的
書籍、出版物、光碟、偽造貨幣、證券等。

* **限制攜帶物品**

1 武器類，如：槍炮彈藥等。

2 毒品。

3 無線裝備，如：接受機、通訊機等。

4 商業目的的物品。

5 具有文化價值的古董文物。

◆ 저는 담배 두 보루를 가져왔습니다.

jeo-neun dam-bae du bo-ru-reul ga-jyeo-wat-seum-ni-da.

我帶了兩條煙。

술 한 병	소시지세 상자	기념품
Sul han byeong	so-si-ji-se sang-ja	gi-nyeom-pum
一瓶酒	三盒香腸	紀念品

◆ 이것은 저의 짐입니다.

i-geo-seun jeo-ui ji-mim-ni-da.

這是我的行李。

가방	배낭	손가방
ga-bang	bae-nang	son-ga-bang
皮箱	背包	手提袋

◆ 저는 서울에 삽니다.

jeo-neun se-ou-re sam-ni-da.

我住在首爾。

부산	대전	광주
bu-san	dae-jeon	gwang-ju
釜山	大田	光州

◆ 이것은 개인용으로 쓰는 <u>노트북 컴퓨터</u>
입니다.

i-geo-seun gae-in-nyong-eu-ro sseu-neun <u>no-teu-buk</u>
<u>keom-pyu-teo</u>-im-ni-da

這是自己用的<u>筆記型電腦</u>。

카메라	개인용품	화장품
ka-me-ra	gae-in-nyong-pum	wa-jang-pum
照相機	私人用品	化妝品

◆ 저의 <u>짐이</u> 없어졌습니다.

je-oui <u>ji-mi</u> eop-seo-jyeot-seum-ni-da.

我的<u>行李</u>不見了。

여권이	비행기 표가	짐표가
yeo-gwo-ni	bi-haeng-gi pyo-ga	jim-pyo-ga
護照	機票	行李領取證

2 시내에서

si-nae-e-seo

 MP3-8 　到市區

◆ 어디서 택시를 타나요?

eo-di-seo　taek-si-reul　ta-na-yo?

請問在哪裡坐計程車？

고속버스	공항버스	연계버스
go-sok-beo-seu	gong-hang-beo-seu	yeon-gye-beo-seu
高速巴士	機場巴士	接駁公車

◆ 공항 안내는 어디 있습니까?

gong-hang　an-nae-neun　eo-di　it-seum-ni-kka?

請問機場服務中心在哪裡？

매표소는	버스정거장은
mae-pyo-so-neun	beo-seu-jeong-geo-jang-eun
售票處	巴士站牌

◆ 어디서 렌트카를 할 수 있습니까?

eo-di-seo　ren-teu-ka-reul　hal　su　it-seum-ni-kka?

請問在哪裡租車？

환전을	매표를	납세를
hwan-jeo-neul	mae-pyo-reul	nap-se-reul
換錢	買票	繳稅

第三章　在仁川機場

◆ 어떻게 서울로 갈 수 있습니까?

eo-tteo-ke se-oul-lo gal su it-seum-ni-kka?

請問我要怎麼到首爾?

안동으로	대구로	경주로
an-dong-eu-ro	dae-gu-lo	gyeong-ju-lo
安東	大邱	慶州

◆ 어떤 교통 편으로 제주도를 갈수 있나요?

eo-tteon gyo-tong pyeo-neu-ro je-ju-do-reul gal-su
in-na-yo?

請問我可以搭什麼交通工具到濟州島?

울산을	여수를	전주를
ul-sa-neul	yeo-su-reul	jeon-ju-reul
蔚山	麗水	全州

◆ 죄송합니다, 저는 이곳에 가려 합니다.

joe-song-ham-ni-da, jeo-neun i-go-se ga-ryeo ham-ni-da.

麻煩你,我要到這個地方。

서울역	김포공항	롯데 호텔
seo-u-ryeok	gim-po-gong-hang	rot-de ho-tel
首爾火車站	金浦機場	樂天飯店

◆ 이　버스는　<u>워커힐</u>로　갑니까？

i　beo-seu-neun　<u>wo-keo-hil</u>-lo　gam-ni-kka?

這班公車有到<u>華克山莊</u>嗎？

힐튼　호텔	신라　호텔
hil-teun　ho-tel	sil-la　ho-tel
希爾頓飯店	新羅飯店

◆ <u>버스　요금</u>은　얼마입니까？

<u>beo-seu　yo-geu</u>-meun　eol-ma-im-ni-kka?

請問<u>公車票</u>多少錢？

수속비	택시　요금	렌트　비용
su-sok-bi	taek-si　yo-geum	ren-teu　bi-yong
手續費	計程車費	租金

◆ 어디서 차를 탑니까?

eo-di-seo cha-reul tam-ni-kka?

我要在哪裡上車?

갈아탑니까	내립니까	기다립니까
ga-ra-tam-ni-kka	nae-rim-ni-kka	gi-da-rim-ni-kka
換車	下車	等車

◆ 손수레는 어디 있습니까?

son-su-re-neun eo-di it-seum-ni-kka?

請問手推車在哪裡?

화장실은	출구는	관광 안내소는
hwa-jang-si-leun	chul-gu-neun	gwan-gwang an-nae-so-neun
廁所	出口	旅遊詢問處

◆ 다음 버스는 언제 도착합니까?

da-eum beo-seu-neun eon-je do-cha-kham-ni-kka?

請問下一班公車什麼時候到?

비행기	배	기차
bi-haeng-gi	Bae	gi-cha
飛機	船	火車

◆ 이것은 차비입니다.

i-geo-seun cha-bi-im-ni-da.

這是車費。

주소	팁	영수증
ju-so	tip	yeong-su-jeung
地址	小費	收據

● 傳統舞蹈

韓國有許多傳統的藝術表演，諸如：各式的說唱藝術、音樂演奏、舞蹈表演等。韓國的傳統音樂可分為：屬於上流社會的「正樂」，與代表民間音樂的「俗樂」。「四物」是指，利用四種打擊樂器，如：鑼、小鑼、長鼓、圓鼓等，所演奏出來的音樂。

至於傳統舞蹈則分為六種：薩滿教舞蹈、佛教舞蹈、儒家舞蹈、宮廷舞蹈、民間舞蹈和假面具舞。

韓國傳統假面具舞還細分為河回假面舞、鳳山假面舞，內容類似。有的假面具舞是為了祈求農作物豐收，有的是為了諷刺貴族的濫用權勢。

★首爾傳統民俗表演場

首爾傳統民俗表演場會安排各種民俗表演活動，包括：四物、話劇、民俗雜耍等，環形戶外舞台可容納 1300 個座位。

位置：首爾特別市松坡區三學士路 136（蠶室洞）

交通：首爾地鐵 2、8 號線蠶室站 3 號出口

第四章

住宿

◆호텔 예약하려 합니다.

ho-tel　ye-ya-kha-ryeo　ham-ni-da

我要訂飯店。

식당	차표	비행기표
sik-dang	cha-pyo	bi-haeng-gi-pyo
餐廳	車票	機票

◆조선 호텔에 묵고 싶습니다.

jo-seon　ho-te-re　muk-go　sip-seum-ni-da.

我想住朝鮮飯店。

롯데 월드	인터컨티넨탈	신세계
rot-de wol-deu	in-teo-keon-ti-nen-tal	sin-se-gye
樂天世界	洲際	新世界

◆빈 방이 있습니까?

bin　bang-i　it-seum-ni-kka?

請問，還有沒有空房間？

싱글 룸	트윈 룸	다른 방
Sing-geul rum	teu-win rum	da-reun bang
單人房	雙人房	其他房間

◆ 깨끗한 호텔을 찾아 주세요.

<u>kkae-kkeu-tan</u> ho-te-reul cha-ja ju-se-yo.

請幫我找一家<u>乾淨的</u>飯店。

조용한	싼	교통 편리한
jo-yong-han	ssan	gyo-tong pyeol-li-han
安靜的	便宜的	交通方便的

* 住宿

　　到韓國旅遊，你可以選擇住在飯店、青年賓館，或是中低價位的旅館等。

* 飯店

　　韓國的飯店依照飯店內的設備、整體規模、提供的服務，共分為五個等級。其級數從最優質的等級依次為：特一級、特二級、一級、二級、三級。一般在國內，我們習慣用星星的數量，代表一家飯店的等第，但是在韓國則是用韓國的國花 --- 無窮花的朵數，來代表一家飯店的等級。

　　因此，特一級和特二級是用五朵無窮花作為標記，相當於我們的五星級飯店。一級是用四朵花，二級是用三朵花，至於三級飯店則用兩朵花作為標記。這樣你到了韓國，就可以區分哪家飯店是一流飯店，哪家飯店較為普通，並衡量自己的經濟預算，作適當的消費。

＊ 青年賓館

　　韓國共有約 157 家的青年賓館，如果有「國際青年賓館會員證」的遊客，住在韓國的青年賓館，可以享受價位非常低廉的住宿服務。例如：以首爾「奧林匹克公園飯店」住兩人房，一天約台幣 3186 元。

　　所以，如果你剛好有「國際青年賓館會員證」，不妨充分利用當地的青年賓館。

＊ 中低價位的旅館

　　韓國也有一些中低價位的旅館，價錢比較低廉，住宿環境不算差，只是服務品質有點陽春。如果你的旅遊習慣，是屬於偏重旅遊品質，不計較吃住等問題的人，可以利用這種中低價位的旅館。

◆ 좋은　호텔이　있습니까?

<u>jo-eun</u>　ho-te-ri　it-seum-ni-kka?

<u>有好一點的</u>飯店嗎？

전통　한식	중저가의	특급
Jeon-tong　han-sik	jung-jeo-ga-ui	teuk-geup
傳統韓式	中低價位的	五星級

◆ 저는 그냥 보통 호텔에 묵겠습니다.

jeo-neun geu-nyang <u>bo-tong ho-te</u>-re muk-get-seum-ni-da.

我只要住<u>普通旅館</u>。

여관	민박	유스호스텔
yeo-gwan	min-bak	yu-seu-ho-seu-tel
賓館	民宿	青年旅社

◆ <u>하룻밤</u> 숙박비가 얼마입니까?

<u>ha-rut-bam</u> suk-bak-bi-ga eol-ma-im-ni-kka?

一晚住宿費多少錢?

일주일	닷새	삼박 사일
il-ju-il	dat-sae	sam-bak sa-il
一週	五天	四天三夜

◆ 저는 <u>방을</u> 예약하지 않았습니다.

jeo-neun <u>bang-eul</u> ye-ya-kha-ji a-nat-seum-ni-da.

我沒有預訂<u>房間</u>。

레스토랑을	차표를	자리를
re-seu-to-rang-eul	cha-pyo-reul	ja-ri-reul
餐廳	車票	座位

◆ 저 곳은 교통이 편리한가요?

jeo   go-seun   gyo-tong-i   pyeol-li-han-ga-yo?

那裡交通方便嗎?

경관이 좋을가요?	안전할가요?
gyeong-gwa-ni joe-ul-ga-yo?	an-jeo-nhal-ga-yo?
視野好	安全

◆ 트윈 룸을 원합니다.

teu-win   ru-meul   wo-nham-ni-da.

我要雙人房。

사인용 방	원룸	특실
sa-in-nyong bang	wol-lum	teuk-sil
四人房	套房	總總套房

숙박 수속

suk-bak su-sok

 MP3-10　**辦理住宿手續**

◆숙박 등록을 하려 합니다.

suk-bak　deung-no-keul　ha-ryeo　ham-ni-da.

我要登記住宿。

현장 예약	체크 아웃	객실 예약
hyeon-jang ye-yak	che-keu a-ut	gaek-sil ye-yak
現場訂房	退房	預訂房間

◆객실 하나 예약을 하였는데, 제 이름은
유소영입니다.

gaek-sil　ha-na　ye-ya-keul　ha-yeon-neun-de, je　i-reu-
meun　yu-so-yeong-im-ni-da.

我預訂了一個房間，名字叫劉小瑛。

◆유소영이라는 이름으로 객실 하나를
예약했습니다.

yu-so-yeong-i-ra-neun　i-reum-eu-ro　gaek-sil　ha-na-reul
ye-ya-khaet-seum-ni-da.

我用劉小瑛的名字，預訂了一間房間。

第四章　住宿

◆이미 예약을 했습니다.

i-mi ye-ya-keul haet-seum-ni-da.

我已經預訂過了。

대만에서	공항에서	전화로
dae-man-e-seo	gong-hang-e-seo	jeo-nhwa-ro
在台灣	在機場	用電話

◆저는 AA 여행단과 함께 왔습니다.

jeo-neun AA yeo-haeng-dan-gwa ham-kke wat-seum-ni-da.

我是跟 AA 旅行團一起來的。

◆제 이름은 유소영입니다.

je i-reu-meun yu-so-yeong-im-ni-da.

我的名字叫劉小瑛。

◆ 여행단이름으로　예약했습니다.

yeo-haeng-da-ni-reu-mi-ro　ye-ya-haet-seum-ni-da.

用旅行團的名字預訂的。

임소명	BB 회사	미스　리
im-so-myeong	BB-hoe-sa	mi-seu　ri
林小明	BB 公司	李小姐

◆ 저는　몇　호실에　묵습니까?

jeo-neun　myeot　ho-sir-e　muk-seum-ni-kka?

請問我住幾號房?

어떤　방	욕실　달린　방	몇층의　방
eo-tteon　bang	yok-sil dal-lin　bang	Myeot-cheung-ui　bang
什麼樣的房間	有浴室的房間	第幾層的房間

◆ 여기에　사인합니까?

yeo-gi-e　sa-i-nham-ni-kka?

在這裡簽名嗎?

등록	신고	계산
deung-nok	sin-go	gye-san
登記	申訴	付帳

◆ 아침 식사 포함되나요 ?

a-chim sik-sa po-ham-doe-na-yo?

有沒有附早餐 ?

세끼	저녁	간식
se-kki	jeo-nyeok	gan-sik
三餐	晚餐	餐點

◆ 방을 바꿀 수 있나요 ?

bang-eul ba-kkul su in-na-yo?

可以換房間嗎 ?

바로 묵을	먼저 볼
ba-ro mu-keul	meon-jeo bol
馬上住進去	先去看房間

◆ 킹 사이즈 침대가 있습니까 ?

king sa-i-jeu chim-dae-ga it-seum-ni-kka?

有沒有大號床 ?

싱글 베드	2 인용 침대
sing-geul be-deu	i-in-nyong chim-dae
單人床	雙人床

◆카운터가 어디 있습니까?

ka-un-teo-ga eo-di it-seum-ni-kka?

請問櫃臺在哪裡？

엘리베이터	손수레	룸 서비스
el-li-bei-teo	son-su-re	rum seo-bi-seu
電梯	手推車	服務人員

◆칠층에 가려 합니다.

chil-cheung-e ga-ryeo ham-ni-da.

我要到七樓。

삼층	오층	십일층
sam-cheung	o-cheung	si-bil-cheung
三樓	五樓	十一樓

호텔 서비스

ho-tel seo-bi-seu

飯店服務

◆ 짐을 방까지 보내 주십시오.

<u>ji-meul</u> bang-kka-ji bo-nae ju-sip-si-o.

請幫我送<u>行李</u>到房間。

아침 식사를 a-chim sik-sa-reul 早餐	더운 물을 deo-un mu-reul 熱水	수건을 su-geo-neul 毛巾

◆ 음식을 부탁하겠습니다.

<u>eum-si-keul</u> bu-tak-ha-get-seum-ni-da.

我要<u>點餐</u>。

국제전화를 guk-je-jeo-nhwa-reul 打國際電話	모닝 콜을 mo-ning ko-reul Morning call	세탁을 se-ta-geul 送洗衣服

◆ 길을 안내해 주시기 바랍니다.

<u>gi-reul</u> <u>an-nae-hae</u> ju-si-gi ba-ram-ni-da.

請幫我<u>帶路</u>。

짐을 들어 ji-meul deu-reo 提行李	엘리베이터를 눌러 El-li-bei-teo-reul nul-leo 按電梯	정차해 jeong-cha-hae 停車

◆ 201 호실인데요, 벼게 하나 보내 주세요.

i-bae-kil-ho-si-rin-de-yo, byeo-ge ha-na bo-nae ju-se-yo.

我是 201 號房，請送一個枕頭給我。

슬리퍼 한 켤레	컵 두개	화장지 하나
seul-li-peo han kyeol-le	keop du-gae	hwa-jang-ji ha-na
一雙拖鞋	兩個杯子	一卷衛生紙

◆ 제 옷을 세탁하려 합니다.

je o-seul se-tak-ha-ryeo ham-ni-da.

我的衣服要送洗。

드라이 크리닝	물 세탁	다림질
deu-ra-i keu-ri-ning	mul se-tak	da-rim-jil
乾洗	水洗	燙

◆ 제 방의 TV 가 고장났습니다.

je bang-ui TV-ga go-jang-na-seum-ni-da.

我房間的電視機壞了。

전화가	전등이	샤워기가
jeo-nhwa-ga	jeon-deung-i	sya-wo-gi-ga
電話	電燈	蓮蓬頭

◆ 호텔내의 비상구는 어디 있습니까 ?

ho-tel-lae-ui bi-sang-gu-neun eo-di it-seum-ni-kka?

請問飯店內的逃生出口在哪裡？

화장실은	수영장은	헬스클럽은
hwa-jang-si-leun	su-yeong-jang-eun	hel-seu-keul-leo-peun
廁所	游泳池	健身房

◆ 내일 아침 일곱시에 깨워 주세요.

nae-il a-chim il-gop-si-e kkae-wo ju-se-yo.

明天早上七點鐘，請叫我起床。

여섯시 반	아홉시	여덟시 사십분
yeo-seot-si ban	a-hop-si	yeo-deol-si sa-sip-bun
六點半	九點	八點四十分

◆ 방의 전화를 어떻게 사용하나요 ?

bang-ui jeo-nhwa-reul eo-tteo-ke sa-yong-ha-na-yo?

請問要怎麼使用房間的電話？

텔레비전을	에어컨을	라디오를
tel-le-bi-jeo-neul	e-eo-keo-neul	ra-di-o-reul
電視機	空調	收音機

◆아침 식사를 방으로 보내 주시기 바랍니다.

<u>a-chim   sik-sa-reul</u>   bang-eu-ro   bo-nae   ju-si-gi   ba-ram-ni-da.

請幫我送一份<u>早餐</u>到房間。

샴페인 한 병을	커피 한 주전자를
syam-pe-in han byeong-eul	keo-pi han ju-jeon-ja-reul
一瓶香檳	一壺咖啡

● 韓國傳統服飾

韓國傳統的服飾稱為「韓袍（han-bok)」。女性的韓服上著短上衣（jeogori），有兩根長絲帶的長袖短上衣(chogon)，繫成一個蝴蝶結，下身為高腰長裙（chima），白棉襪和橡膠製成的船形鞋；男性則是短褂搭配長褲並以細帶（daenim）綁住褲腳。

目前韓國人多穿西式的服飾，但是在如：農曆春節、中秋節等傳統節日，或是重要的婚宴、慶典中，韓國人仍會穿著韓國的傳統服飾赴宴。

4 체크아웃

che-keu-a-ut

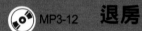 退房

◆ 몇 시에 체크아웃하십니까?

myeot si-e che-keu-a-ut-ha-sim-ni-kka?

請問幾點退房？

◆ 체크아웃 계산을 하려 합니다.

che-keu-a-ut gye-sa-neul ha-ryeo ham-ni-da.

我要結帳退房。

체크아웃	미리 체크아웃	하루 더 연장
che-keu-a-ut	mi-ri che-keu-a-ut	ha-ru deo yeon-jang
退房	提前退房	多留一天

◆ 이것은 방 열쇠입니다.

i-geo-seun bang yeol-swae-im-ni-da.

這是房間的鑰匙。

계산서	신용카드	요금 명세표
Gye-san-seo	sin-nyong-ka-deu	yo-geum myeong-se-pyo
帳單	信用卡	收費明細表

◆ 계산서가 조금 틀린 것 같습니다.

gye-san-seo-ga jo-geum teul-lin geot gat-seum-ni-da.

這份帳單好像有錯。

서식이	영수증이	자료가
seo-si-ki	yeong-su-jeung-i	ja-ryo-ga
表格	收據	資料

◆ 객실 전화를 안 했습니다.

gaek-sil jeo-nhwa-reul an haet-seum-ni-da.

我沒有打房間的電話。

장거리 전화	국제 전화	시내 전화
jang-geo-ri jeo-nhwa	guk-je jeo-nhwa	si-nae jeo-nhwa
長途電話	國際電話	市內電話

◆ 식사를 시키지 않았습니다.

sik-sa-reul si-ki-ji a-nat-seum-ni-da.

我沒有點餐。

유료 영화를	냉장고 음료를
yu-ryo yeong-hwa-reul	naeng-jang-go eum-nyo-reul
看付費電視	拿冰箱的冷飲

◆ **계산을 다시 한번 확인하시기 바랍니다.**

gye-sa-neul da-si han-beon hwa-kin-ha-si-gi ba-ram-ni-da.

請再確認一下帳單。

명세표를	금액을	계산서를
myeong-se-pyo-reul	geu-mae-keul	gye-san-seo-reul
明細表	金額	帳單

◆ **신용 카드를 받습니까?**

sin-nyong ka-deu-reul bat-seum-ni-kka?

你們有收信用卡嗎？

● **韓國國旗**

　韓國的國旗稱為「太極旗」，以白色為主體，中間是以中國易學中，象徵著「宇宙與真理」的太極為圓。太極圓的上面是紅色，下面是藍色，分別象徵著：陰、陽；男、女；靜、等的協調與融合。國旗的四角則以八卦的爻，分別象徵著天、地、日、月，顯示出對稱與均衡。

◆ 죄송합니다, <u>방　열쇠를</u>　방에　두고
나왔습니다.

joe-song-ham-ni-da, <u>bang　yeol-swae-reul</u>　bang-e　du-go
na-wat-seum-ni-da.

對不起，我把<u>鑰匙</u>忘在房間裡。

짐을	핸드백을	카메라를
ji-meul	haen-deu-bae-keul	ka-me-ra-reul
行李	皮包	照相機

◆ 저의　<u>메시지가</u>　있습니까 ?

jeo-ui　<u>me-si-ji-ga</u>　it-seum-ni-kka?

有我的<u>留言</u>嗎？

손님이	전화가	우편물이
son-ni-mi	Jeo-nhwa-ga	u-pyeon-mu-ri
訪客	電話	信件

◆ <u>숙박비</u>　전부　얼마입니까 ?

<u>suk-bak-bi</u>　jeon-bu　eol-ma-im-ni-kka?

<u>住宿費</u>全部是多少錢？

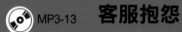
◆ **교환 부탁합니다.**

gyo-hwan bu-ta-kham-ni-da.

請幫我接<u>總機</u>。

룸 서비스	매니저	부장
rum seo-bi-seu	mae-ni-jeo	bu-jang
客服部	負責人	經理

◆ **제 방이 정리가 안되었습니다.**

je bang-i <u>jeong-ni-ga an-doe-eot-seum-ni-da</u>.

我的房間<u>沒有整理</u>。

◆ **제 옷을 세탁 보내지 않았습니다.**

je <u>o-seul se-tak bo-nae-ji a-nat-seum-ni-da</u>.

我的衣服<u>沒有送洗</u>。

옷 세탁이 덜 됩니다	옷이 망가집니다
ot se-ta-ki deol doem-ni-da	o-si mang-ga-jim-ni-da
沒洗乾淨	洗壞了

◆제 옷이 세탁 후 <u>줄었습니다</u>.

je o-si se-tak hu <u>ju-reot-seum-ni-da</u>.

我的衣服送洗後<u>縮水了</u>。

탈색했습니다	단추가 떨어졌습니다
tal-sae-khaet-seum-ni-da	da-rim-jil dan-chu-ga tteo-reo-jyeot-seum-ni-da
脫色	釦子掉了

◆제가 시킨 <u>아침 식사는</u> 아직까지 안 보내 주네요.

je-ga si-kin <u>a-chim sik-sa-neun</u> a-jik-kka-ji an bo-nae ju-ne-yo.

我點的<u>早餐</u>，到現在都還沒送來。

정심 식사는	케익은	저녁 식사는
jeong-sim sik-sa-neun	Ke-i-keun	jeo-nyeok sik-sa-neun
午餐	蛋糕	晚餐

◆ <u>쥬스</u> 한잔 시켰는데 잘못 나왔습니다.

<u>juice</u> han-jan sik-yeon-neun-de jal-mot na-wat-seum-ni-da.

我點了一杯<u>果汁</u>，可是送錯了。

커피	브랜디	위스키
keo-pi	beu-raen-di	wi-seu-ki.
咖啡	白蘭地	威士忌

◆ 제가 시킨 것은 <u>햄버거</u>이고, 샌드위치가 아닙니다.

je-ga si-kin geo-seun <u>haem-beo-geo</u>-i-go, saen-deu-wi-chi-ga a-nim-ni-da.

我叫的是<u>漢堡</u>，不是三明治。

스테이크	돈가스	스파게티
seu-te-i-keu	don-ga-seu	seu-pa-ge-ti
牛排	豬排	義大利麵

◆제 방에 <u>더운 물이</u> 안 나옵니다.

je bang-e <u>deo-un mu-ri</u> an na-om-ni-da.

我房間沒有<u>熱水</u>。

에어컨이	슬리퍼가
e-eo-keo-ni	seul-li-peo-ga
冷氣機	拖鞋

◆제 물건이 없어졌습니다.

je mul-geo-ni eop-seo-jyeot-seum-ni-da.

我的東西不見了。

◆제 짐을 누가 열어 보았습니다.

je ji-meul nu-ga yeo-reo bo-at-seum-ni-da.

我的行李被動過。

◆ 제 짐은 잠시 여기에 맡겨도 되겠습니까?

je ji-meun jam-si yeo-gi-e mat-gyeo-do doe-get-seum-ni-kka?

我的行李可以先寄放在這裡嗎？

◆ 제 짐을 오후에 가져가겠습니다.

je ji-meul o-hu-e ga-jyeo-ga-get-seum-ni-da.

我的行李下午再拿走。

◆ 누구십니까?

nu-gu-sim-ni-kka?

請問是誰？

第五章

美食

◆ 맛있는 음식점을 소개해 주십시오.

ma-sin-neun eum-sik-jeo-meul so-gae-hae ju-sip-si-o.

請介紹一家好吃的餐廳。

까페를	불고기 집을	분식점을
kka-pe-reul	bul-go-gi ji-peul	bun-sik-jeo-meul
咖啡廳	烤肉店	麵店

◆ 이 근처에 저렴한 한국 음식점이 있습니까?

i geun-cheo-e jeo-ryeo-mhan han-guk eum-sik-jeo-mi it-seum-ni-kka?

請問這附近有沒有便宜的韓式料理店？

정식	고급	서비스가 좋은
jeong-sik	Go-geup	seo-bi-seu-ga jo-eun
正式	高級	服務好

◆ 불고기가 먹고 싶습니다.

bul-go-gi-ga meok-go-sip-seum-ni-da.

我想吃韓國烤肉。

삼계탕이	한정식이	전골이
sam-gye-tang-i	han-jeong-si-ki	jeon-go-li
蔘雞湯	韓式定食	韓式火鍋

◆이　음식점　어떻습니까?

i　eum-sik-jeom　eo-tteo-sseum-ni-kka?

這一家餐廳你覺得如何?

장수　삼계탕	고려당	고려　인삼
jang-su　sam-gye-tang	Go-ryeo-dang	go-ryeo　in-sam
長壽人蔘雞	高麗堂	高麗人蔘

◆이　음식점은　어디에　있습니까?

i　eum-sikjeo-meun　eo-di-e　it-seum-ni-kka?

請問這一家餐廳在哪裡?

가장　가까운　까페는	맥도널드는
ga-jang　ga-kka-un　kka-pe-neun	maek-do-neol-deu-neun
最近的咖啡廳	麥當勞

◆ 이 음식점은 미리 예약을 해야 합니까?

i eum-sik-jeo-meun <u>mi-li ye-ya-keul hae-ya ham-ni-kka</u>?

這家餐廳要事先訂位嗎？

빈 자리가 있습니까	유명합니까
bin ja-ri-ga it-seum-ni-kka	um-yeong-ham-ni-kka
有空位	有名

◆ 이 음식점의 위치를 알려 주십시오.

i eum-sik-jeo-mui <u>wi-chi-reul</u> al-lyeo ju-sip-si-o.

請告訴我這家餐廳的地址？

전화를	지도를	교통 방법을
jeo-nhwa-reul	Ji-do-reul	gyo-tong bang-beo-peul
電話	地圖	交通方式

◆ 안녕하세요, 자리 예약을 하려 합니다.

an-nyeong-ha-se-yo, ja-ri ye-ya-keul ha-ryeo ham-ni-da.

你好，我要預訂座位。

◆ <u>오늘　저녁</u>　2 명의　자리를　예약하고 싶습니다.

<u>o-neul　jeo-nyeok</u>　du-myeong-ui　ja-ri-reul　ye-ya-ka-go-sip-seup-ni-da.

我要預定<u>今天晚上</u>，兩個人的座位。

내일	모레	정오
nae-il	mo-re	jeong-o
明天	後天	中午

◆ 시간은　<u>7 시</u>　반입니다.

si-ga-neun　<u>il-gop-si　ba</u>-nim-ni-da.

時間是<u>七點半</u>。

여섯　시	여덟　시	일곱　시
yeo-seot　si	yeo-deol　si	il-gop　si
六點	八點	七點

▲圖片提供／韓國觀光公社

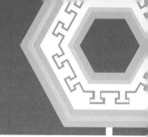

2 음식 주문

eum-sik ju-mun

 MP3-15 **點餐**

◆ 메뉴 좀 주시겠습니까 ?

me-nyu jom ju-si-get-seum-ni-kka?

請給我一份菜單。

중국어 메뉴	영어 메뉴
jung-gu-keo me-nyu	yeong-eo me-nyu
中文菜單	英文菜單

◆ 어느 음식이 맛있습니까 ?

eo-neu eum-si-ki ma-sit-seum-ni-kka?

哪一種菜比較好吃 ?

국이	디저트가	음료가
gu-ki	di-jeo-teu-ga	eum-nyo-ga
湯	甜點	飲料

◆ 이 곳의 특별한 음식은 무엇입니까 ?

i go-sui teuk-byeol-han eum-si-keun mu-eo-sim-ni-kka?

請問這裡特別的餐是什麼 ?

잘하는 음식은	유명한 요리가
ja-lha-neun eum-si-keun	yu-myeong-han yo-ri-ga
招牌菜	有名的菜

◆저는 <u>추천하신 요리를</u> 주문하겠습니다.

jeo-neun <u>chu-cheon-ha-sin yo-ri-reul</u> ju-mu-nha-get-seum-ni-da.

我要點<u>你推薦的菜</u>。

이것을	저것을	저 사람과 같은 것을
i-geo-seul	jeo-geo-seul	jeo sa-ram-gwa ga-teun geo-seul
這個	那個	和他一樣的

◆제 스테이크는 <u>미디엄으로</u> 익혀 주십시오.

je seu-te-i-keu-neun <u>mi-di-eo-meu-ro</u> i-khyeo ju-sip-si-o.

我的牛排要<u>五分熟</u>。

30 프로 구움	70 프로 구움
sam-sip-peu-ro gu-um	chil-sip-peu-ro gu-um
三分熟	七分熟

◆<u>샐러드 하나</u> 추가합니다.

<u>sael-leo-deu ha-na</u> chu-ga-ham-ni-da.

我要加點<u>一份沙拉</u>。

식전 와인	과일 한 접시	커피 한 잔
sik-jeon wa-in	gwa-il han jeop-si	keo-pi han jan
一杯餐前酒	一份水果	一杯咖啡

◆ 이 <u>코스</u> 요리에는 무슨 음식이 포함되어 있습니까?

i <u>ko-seu</u> yo-ri-e-neun mu-seun eum-si-ki po-ham-doe-eo it-seum-ni-kka?

這個<u>套餐</u>裡有些什麼東西？

두부찌개	국수 전골	정식
du-bu-jji-gae	guk-su jeon-gol	jeong-sik
豆腐火鍋	麵條火鍋	定食

◆ <u>불고기</u> <u>2 인분</u> 주십시오.

<u>bul-go-gi</u> <u>i-in-bun</u> ju-sip-si-o.

請給我<u>兩人</u>份的<u>烤牛肉</u>。

사인	돼지갈비	삼겹살
sa-in	dwae-ji-gal-bi	sam-gyeop-sal
四人	烤豬排	烤五花肉

◆ <u>비빔밥</u> 주십시오.

<u>bi-bim-bap</u> ju-sip-si-o.

我要<u>拌飯</u>。

설렁탕	김치전골	해물전골
seol-leong-tang	gim-chi-jeon-gol	hae-mul-jeon-gol
牛肉湯	泡菜火鍋	海鮮火鍋

◆ 밑반찬을　주십니까 ?

<u>mit-ban-cha-neul</u>　ju-sim-ni-kka?

這個有附<u>小菜</u>嗎？

밥을	국수를	음료를
ba-peul	guk-su-reul	eum-nyo-reul
飯	麵	飲料

◆ 이것은　맛이　맵습니까 ?

i-geo-seun　ma-si　<u>maep-seum-ni-kka</u>?

這個味道是<u>辣</u>的嗎？

답니까	십니까	짭니까
dam-ni-kka	sim-ni-kka	jjam-ni-kka
甜	酸	鹹

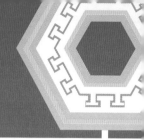

◆ 죄송하지만 컵하나 더 주시겠습니까?

joe-song-ha-ji-man <u>keop-ha-na</u> deo ju-si-get-seum-ni-kka?

對不起，請再給我一個<u>杯子</u>。

수저	공기	접시
su-jeo	gong-gi	jeop-si
湯匙	碗	碟子

◆ 물 좀 더 주시겠습니까?

<u>mul</u> jom deo ju-si-get-seum-ni-kka?

請幫我加點<u>水</u>？

김치	국	상추
gim-chi	guk	sang-chu
泡菜	湯	生菜

◆ 미안하지만, 고추가루 있습니까?

mi-a-nha-ji-man, <u>go-chu-ga-ru</u> it-seum-ni-kka?

請問，有沒有<u>辣椒粉</u>？

소금	후추가루	고추장
so-geum	hu-chu-ga-ru	go-chu-jang
鹽巴	胡椒粉	辣椒醬

◆메뉴 좀 주시겠어요? 음식을 더 시키려 합니다.

me-nyu jom ju-si-ge-seo-yo? eum-si-keul deo si-ki-ryeo ham-ni-da.

請給我菜單，我要加點菜。

소주를	맥주를	청주를
so-ju-reul	maek-ju-reul	cheong-ju-reul
燒酒	啤酒	清酒

◆여기 비빔 냉면 있습니까?

yeo-gi bi-bim naeng-myeon it-seum-ni-kka?

這裡有沒有賣辣拌涼麵？

물냉면	떡국	한정식
mul-laeng-myeon	tteok-guk	han-jeong-sik
湯涼麵	米糕湯	韓定食

◆냅킨 있습니까?

naep-kin it-seum-ni-kka?

有沒有餐巾紙？

이쑤시개	명함	성냥갑
is-su-si-gae	myeong-ham	seong-nyang-gap
牙籤	名片	火柴盒

◆ 이것 아주 매워요.

i-geot a-ju mae-wo-yo.

這個好辣。

짜요	셔요	싱거워요
jja-yo	Syeo-yo	sing-geo-wo-yo
鹹	酸	淡

◆ 죄송하지만, 다른 음식으로 바꿔도 됩니까?

joe-song-ha-ji-man, da-reun eum-si-keuro ba-kkwo-do doem-ni-kka?

對不起，我可以改點別的菜嗎？

◆ 죄송하지만, 이것은 제가 주문한 음식이 아닙니다.

joe-song-ha-ji-man, i-geo-seun je-ga ju-mun-han eum-si-ki a-nim-ni-da.

對不起，這不是我點的菜。

◆ 죄송하지만, 제가 주문한 음식이 아직 안 나왔습니다.

joe-song-ha-ji-man, je-ga ju-mu-nhan eum-si-ki <u>a-jik an na-wat-seum-ni-da</u>.

對不起，我點的菜<u>還沒來</u>。

빨리 안됩니까 ?	다 되었나요 ?
ppal-li an-doem-ni-kka?	da doe-eon-na-yo?
可不可以快一點 ?	好了嗎 ?

◆ 다 못 먹는데, <u>싸 가지고 가도 됩니까</u> ?

da mot meong-neun-de, <u>ssa ga-ji-go ga-do doem-ni-kka</u>?

我吃不完，<u>可以打包嗎</u> ?

안 나온 음식을 취소할 수 있습니까 ?	조금만 주십시오.
an na-on eum-si-keul chwi-so-hal su it-seum-ni-kka?	jo-geum-man ju-sip-si-o.
後面的菜可以取消嗎 ?	請給少一點。

◆ 디저트 주십시오.

di-jeo-teu ju-sip-si-o.

請幫我上甜點。

국	음식	음료
guk	eum-sik	eum-nyo
湯	菜	飲料

● 韓國住宅

韓國傳統的草屋茅舍已不多見，但是以傳統樣式建築的韓式瓦屋仍然存在。傳統住宅的主要建材是泥土和木頭，屋頂是瓦片，房子用木樁支撐。

韓屋具有 2 大魅力，一為特有的地暖系統「暖炕」；另一為，在於親近大自然。「暖炕」是韓國冬季禦寒不可或缺的屋內設施。

★『韓國民俗村』內有韓國各道的農家、民宅、寺院、市場、兩班（貴族）住宅及官廳等大小 200 餘棟古建築物。村內還有傳統婚禮儀式、農樂的表演，到韓國民俗村參觀，彷彿親歷朝鮮時代農村舊有的面貌。

位置： 畿道龍仁市器興邑甫羅里 107 交通：國鐵水原站

★禮智院 『禮智院』是專門傳授韓國傳統禮俗的文化中心，課程內容包括：韓服的正確穿著方法、製作泡菜的過程、民俗舞蹈、以及傳統禮儀等。授課時間約一到二小時，可接受旅客報名參加。

位置：首爾市中區獎忠洞二街山 5-19

交通：地鐵三號線東大入口站下車

4 계산

gye-san

◆ 어디서 계산합니까 ?

eo-di-seo gye-sa-nham-ni-kka?

請問在哪裡結帳？

계산서 부탁합니다. gye-san-seo bu-ta-kham-ni-da. 請給我帳單。	계산 부탁합니다. gye-san bu-ta-kham-ni-da. 我要買單。

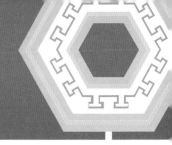

◆ 카운터가 어디입니까 ?

ka-un-teo-ga eo-di-im-ni-kka?

請問收銀台在哪裡？

카운터가 ka-un-teo-ga 櫃臺	계산하는 곳이 gye-sa-nha-neun go-si 結帳處	화장실이 hwa-jang-si-li 廁所

◆ 제가 내겠습니다.

je-ga nae-get-seum-ni-da.

這一餐我請客。

계산하겠습니다 gye-sa-nha-get-seum-nida 付錢	초대하겠습니다 cho-dae-ha-get-seum-ni-da 招待

第五章 美食

◆ 각자　냅시다.

> gak-ja　naep-si-da.
> 我們各付各的。

◆ 나누어　계산해　주십시오.

> na-nu-eo　gye-san-hae　ju-sip-si-o.
> 我們要分開算。

◆ 잘못　계산했습니다.

> jal-mot　gye-sa-nhaet-seum-ni-da.
> 你的錢算錯了。

◆ 계산서가　틀린　것　같습니다.

> gye-san-seo-ga　teul-lin　geot　gat-seum-ni-da.
> 帳單好像有錯。

◆ 계산이　정확합니까?

> gye-sa-ni　jeong-hwa-kham-ni-kka?
> 帳單這樣對嗎?

◆ 거스름 돈이 틀립니다.

geo-seu-reum do-ni teul-lim-ni-da.
你找的錢不對。

◆ 제 거스름돈을 잘못 주셨습니다.

je geo-seu-reum-do-neul jal-mot ju-syeot-seum-ni-da.
我的錢你找錯了。

◆ 전부 얼마입니까?

jeon-bu eol-ma-im-ni-kka?
請問一共多少錢？

이 술	디저트	할인 후
i sul	di-jeo-teu	ha-rin hu
這瓶酒	甜點	大折後

◆ 이 음식은 주문을 안했습니다.

i eum-si-keun ju-mu-neul an-haet-seum-ni-da.
我沒點這道菜。

술	탕	밑반찬
sul	tang	mit-ban-chan
酒	湯	小菜

◆ 이 금액은 <u>포함 되어</u> 포함되어 있습니까?

i geu-mae-keun <u>bong-sa-ryo-ga</u> po-ham-doe-eo it-seum-ni-kka?

這個費用含<u>服務費</u>嗎?

영업세가	팁이	세금이
yeong-eop-se-ga	ti-pi	se-geu-mi
營業稅	小費	稅

◆ 거스름 돈을 가지세요.

geo-seu-reum do-neul ga-ji-se-yo.

零錢不用找了。

◆ 신용카드 사용이 가능합니까?

sin-nyong-ka-deu sa-yong-i ga-neung-ham-ni-kka?

可以刷卡嗎?

◆ 신용카드 받습니까?

<u>sin-nyong-ka-deu</u> bat-seum-ni-kka?

<u>收信用卡</u>嗎?

마스터 카드	JCB 카드	자기앞 수표
ma-seu-teo ka-deu	JCB ka-deu	ja-gi-ap su-pyo
MASTER 卡	JCB 卡	私人支票

◆여기 할인권이 있습니다.

ye-ogi ha-ring-wo-ni it-seum-ni-da.

我這裡有折價券。

초대권	무료식사권	상품권
cho-dae-gwon	mu-ryo-sik-sa-gwon	sang-pum-gwon
招待券	免費餐券	禮券

◆전부 얼마입니까?

jeon-bu eol-ma-im-ni-kka?

請問一共多少錢？

◆ 싸 가져가려 합니다.

ssa ga-jyeo-ga-ryeo ham-ni-da.

我要帶走。

여기서 먹겠습니다.	빈자리가 있습니까?
yeo-gi-seo meok-get-seum-ni-da.	bin-ja-ri-ga it-seum-ni-kka?
我要在這裡吃。	還有座位嗎？

◆ 이것과 저것 원합니다.

i-geot-gwa jeo-geot wo-nham-ni-da.

我要這個和這個。

오뎅	잡채	떡볶이
o-deng	jap-chae	tteok-bo-kki
關東煮	什錦菜	辣椒醬炒米糕

◆ 파전을 팝니까?

pa-jeo-neul pam-ni-kka?

請問有沒有賣煎蔥餅？

군만두를	찹쌀떡을	한과를
gun-man-du-reul	chap-ssal-tteo-keul	hang-wa-reul
煎餃	糯米糕	韓果

◆아저씨, 저의 <u>떡볶이</u>에 계란 하나 넣어 주세요.

a-jeo-ssi, jeo-ui <u>tteo-kbo-kki</u>-e gye-ran ha-na neo-o ju-se-yo.

老闆，我的<u>辣椒醬炒米糕</u>要加一個蛋。

라면에	국물
ra-myeon-e	gung-mul-e
拉麵	湯

◆<u>이것을</u> 먹겠습니다.

<u>i-geo-seul</u> meok-get-seum-ni-da.

我要吃<u>這個</u>。

핫도그를	순대를	닭도리를
hat-do-geu-reul	sun-dae-reul	dak-do-ri-reul
熱狗	糯米腸	炒雞塊

◆<u>국물을</u> 많이 주십시오.

<u>gung-mu-reul</u> ma-ni ju-sip-si-o.

我的<u>湯</u>要多一點。

밥을	고춧가루를	김치를
ba-beul	go-chut-ga-ru-reul	gim-chi-reul
飯	辣椒粉	泡菜

◆ 데워 주시겠습니까?

de-wo　ju-si-get-seum-ni-kka?

請幫我熱一下。

씻어	데쳐	튀겨
ssi-seo	de-chyeo	twi-gyeo
洗	燙	炸

◆ 술 한 병 더 주시겠습니까?

sul　han　byeong　deo　ju-si-get-seum-ni-kka?

請幫我再開一瓶酒。

생선 구이	밑반찬	국 한그릇
saeng-seon gu-i	mit-ban-chan	guk han-geu-reut
一隻烤魚	一點小菜	一碗湯

◆ 떡볶이 1 인분 주십시오.

tteo-kbo-kki　i-lin-bun　ju-sip-si-o.

給我一份辣椒醬炒米糕。

문어 구이	감자 구이	오징어 구이
mu-neo gu-i	gam-ja gu-i	o-jing-eo gu-i
烤章魚	烤馬鈴薯	烤魷魚

◆이 <u>군밤은</u> 어떻게 팝니까?

i <u>gun-ba-meun</u> eo-tteo-ke pam-ni-kka?

這個<u>烤栗子</u>怎麼賣?

은행 구이는	쥐포 구이는	옥수수 구이는
eu-nhaeng gu-i-neun	jwi-po gu-i-neun	ok-su-su gu-i-neun
烤銀杏	烤魚乾	烤玉米

◆<u>소주</u> 있습니까?

<u>so-ju</u> it-seum-ni-kka?

<u>老闆</u>,有賣燒酒嗎?

사이다	막걸리	인삼주
sa-i-da	mak-geol-li	in-sam-ju
汽水	濁酒	人蔘酒

◆여기 <u>커피</u> 있습니까?

yeo-gi <u>keo-pi</u> it-seum-ni-kka?

這裡有沒有<u>咖啡</u>?

보리차	녹차	쥬스
bo-ri-cha	nok-cha	juice
麥茶	綠茶	果汁

第六章

購物

1 옷 구매

ot gum-ae

買衣服

◆ 그 옷을 보고 싶습니다.

geu o-seul bo-go sip-seum-ni-da.

我想看看那件衣服。

상의를	치마를	외투를
Sang-ui-reul	chi-ma-reul	oe-tu-reul
上衣	裙子	外套

◆ 여기 옷을 입어볼 수 있습니까?

yeo-gi o-seul i-beo-bol su it-seum-ni-kka?

這裡可以試穿嗎?

할인 됩니까	카드 사용 가능합니까
ha-rin doem-ni-kka	ka-deu sa-yong ga-neung-ham-ni-kka
有打折	可以刷卡

◆ 이 와이셔츠는 다른 색이 있습니까?

i wa-i-syeo-cheu-neun da-reun sae-ki it-seum-ni-kka?

這件襯衫有沒有其它的顏色?

◆이 T셔츠 한 치수 큰 것이 있습니까?

i T-syeo-cheu han chi-su keun geo-si it-seum-ni-kka?

這件T恤有大一號的嗎？

양장	미니 스커트	반바지
Yang-jang	mi-ni seu-keo-teu	ban-ba-ji
洋裝	短裙	短褲

◆이 바지 한 치수 작은 것이 있습니까?

i ba-ji han chi-su ja-keun geo-si it-seum-ni-kka?

這件長褲有沒有小一號的？

반바지	점퍼	오버코트
ban-ba-ji	jeom-peo	o-beo-ko-teu
短褲	夾克	大衣

◆소매 없는 상의를 원합니다.

so-mae eom-neun sang-ui-reul wo-nham-ni-da.

我要無袖的上衣。

긴 팔	반 팔	칠부 소매
gin pal	ban pal	chil-bu so-mae
長袖	短袖	七分袖

◆ 탈의실이 어디입니까?

ta-rui-si-ri eo-di-im-ni-kka?

請問更衣間在哪裡？

옷 수선해 주는 곳 ot su-seo-nhae ju-neun got 修改衣服的地方	반품하는 곳 ban-pu-mha-neun got 退貨的地方

◆ 이 옷은 잘 맞습니다.

i o-seun jal mat-seum-ni-da.

這件很合身。

조금 낍니다 jo-geum kkim-ni-da 有點緊	조금 큽니다 jo-geum keum-ni-da 有點寬	잘 맞습니다 jal mat-seum-ni-da 剛剛好

◆ 신 제품의 옷은 어디에 있습니까?

sin je-pu-mui o-seun eo-di-e it-seum-ni-kka?

請問最新的衣服在哪裡？

최신 유행하는 choe-sin yu-haeng-ha-neun 最流行的	특가의 teuk-ga-ui 特價的	멋진 meot-jin 時髦的

◆ 이것은 무슨 브랜드입니까?

i-geo-seun mu-seun beu-raen-deu-im-ni-kka?

這是什麼牌子？

◆ 이것은 실크제품입니까?

i-geo-seun <u>sil-keu</u>-je-pum-im-ni-kka?

這是<u>絲質</u>的嗎？

면제품	나일론	명주
myeon-je-pum	nail-lon	myeong-ju
棉質	尼龍	綢

◆ 이 브랜드의 신발이 있습니까?

i beu-raen-deu-ui sin-ba-ri it-seum-ni-kka?

有沒有買這個牌子的鞋子？

◆ 이 옷과 어울리는 신발을 사고 싶습니다.

i ot-gwa eo-ul-li-neun sin-ba-reul sago sip-seum-ni-da.

我要買配這件衣服的鞋子。

◆ 구두를 사려 합니다.

gu-du-reul sa-ryeo ham-ni-da.

我要買皮鞋。

운동화를	하이힐을	샌들을
un-dong-hwa-reul	ha-i-hi-reul	saen-deu-reul
運動鞋	高跟鞋	涼鞋

;

◆ 조깅화를 팝니까 ?

jo-ging-hwa-reul pam-ni-kka?

請問有沒有賣慢跑鞋 ?

농구화	운동화	테니스화
nong-gu-hwa	un-dong-hwa	te-ni-seu-hwa
籃球鞋	布鞋	網球鞋

◆ 여기서 부츠를 팝니까 ?

yeo-gi-seo bu-cheu-reul pam-ni-kka?

這裡有賣靴子嗎 ?

굽 낮은 신발을	슬리퍼를	레저 신발을
gup na-jeun sin-ba-reul	seul-li-peo-reul	re-jeo sin-ba-reul
平底鞋	拖鞋	休閒鞋

◆ 한 켤레 얼마입니까 ?

han kyeol-le eol-maim-ni-kka?

這一雙多少錢 ?

두 켤레	세 켤레	이 쪽의
du kyeol-le	se kyeol-le	i jjok-ui
兩雙	三雙	這邊的

◆ 흰색을 원합니다.

huin-sae-keul wo-nham-ni-da

我想要白色。

검정색	빨간색	회색
geom-jeong-saek	ppal-gan-saek	hoe-saek
黑色	紅色	灰色

◆ 이 신발은 무슨 가죽으로 만들었습니까?

i sin-ba-reun mu-seun ga-ju-keu-ro man-deu-reot-seum-ni-kka?

這雙鞋子是什麼皮做的？

◆ 이런 가죽은 손질하기 쉽습니까?

i-reon ga-ju-keun son-ji-lha-gi swip-seum-ni-kka?

這種皮好保養嗎？

◆ 낮은 굽의 구두가 있습니까?

na-jeun gu-bui gu-du-ga it-seum-ni-kka?

鞋跟有沒有比較低的？

높은	평평한	굵은
no-peun	pyeong-pyeong-han	gul-geun
高	平	粗

◆이 신발은 수입품입니까?

i sin-ba-reun su-ip-pu-mim-ni-kka?

這雙鞋是進口的嗎？

특가품	남은 사이즈	방수품
teuk-ga-pum	na-meun sa-i-jeu	bang-su-pum
特價	零碼	防水

◆제 치수는 230 입니다.

je chi-su-neun i-baek-sam-si-bim-ni-da.

我的尺寸是 230 號。

이백삼십오	이백사십	이백사십오
i-baek-sam-si-bo	i-baek-sa-sip	i-baek-sa-si-bo
235	240	245

◆ 이것은　양가죽으로　만든　것입니까 ?

i-geo-seun　<u>yang-ga-ju</u>-keu-ro　man-deun　geo-sim-ni-kka?

這是<u>羊皮</u>做的嗎?

악어가죽	뱀가죽	송아지가죽
a-keo-ga-juk	baem-ga-juk	song-a-ji-ga-juk
鱷魚皮	蛇皮	小牛皮

■ 傳統酒

　　韓國的酒類分為清酒、濁酒、燒酒三種，清酒是指韓國傳統的特製藥酒，種類非常的豐富，如：杜鵑酒、梨薑酒、紅酒、文杯酒（又稱聞香梨酒）、素穀酒、五梅奇酒等。濁酒是一種由麥釀製而成的酒，顏色是像豆漿的米白色；而燒酒是韓國很平民化的酒，一般的餐館、路邊的酒攤，都有得賣，價格也很便宜。

■緊急聯絡方式

在韓國觀光期間，如果遇到緊急事故，可利用以下緊急電話服務，尋求協助。

報警：112

火災、緊急救助電話：119

觀光客專用的二十四小時急救支援中心（Asia Emergency Assistance）：790-7561

緊急處理：129

查號台：114

如果要在韓國打國際電話到台灣，可利用公共電話，撥打的方式為：

001 或 002 → 886（台灣的國家碼）→國內區域號碼，但是要去掉前面的 0 →對方的電話號碼

例如：如果要在韓國打電話給台灣的哈福企業，拿起電話撥：001-886-2-28084587 即可。

韓國的公共電話有投幣式和插卡式，投幣式的基本費用，第一次最少投 70 韓元，只能撥國內電話，插卡式的面額分為：

三千、五千、一萬等面額，可撥國內和國際電話。

◆한국 도자기를 사려 합니다.

han-guk do-ja-gi-reul sa-ryeo ham-ni-da.

我要買韓國陶瓷。

청자	백자	분청사기
cheong-ja	baek-ja	bun-cheong-sa-gi
青瓷	白瓷	粉青沙器

◆전통 유리그릇을 사려 합니다.

jeon-tong yu-ri-geu-reu-seul sa-ryeo ham-ni-da.

我要買傳統的玻璃器皿。

칠기를	목기를	탈을
chil-gi-reul	mok-gi-reul	ta-reul
漆器	木器	面具

◆수공예품을 사려 합니다.

su-gong-ye-pu-meul sa-ryeo ham-ni-da.

我要買手工藝品。

전통 장식품을	보석함을	나전칠기를
jeon-tong jang-sik-pu-meul	bo-seo-khameul	na-jeon-chil-gi-reul
傳統飾品	珠寶櫃	螺鈿漆器

◆ 서랍이 많은 보석함을 사려 합니다.

seo-ra-bi ma-neun bo-seo-kha-meul sa-ryeo ham-ni-da.

我要買抽屜多一點的珠寶箱。

거울이 있는	고급의	자물 쇠가 있는
geo-u-ri in-neun	go-geu-bui	ja-mul swae-ga in-neun
附鏡子的	高級的	有鎖的

◆ 이것은 어떤 나무로 만든 것 입니까?

i-geo-seun eo-tteon na-mu-ro man-deun geot im-ni-kka?

這是用什麼木材做的？

◆ 이것은 어느 시대의 것입니까?

i-geo-seun eo-neu si-dae-ui geo-sim-ni-kka?

這是什麼年代的？

◆ 이것은 어디서 만든 것 입니까?

i-geo-seun eo-di-seo man-deun geot im-ni-kka?

這個是哪裡製作的？

◆ 저는 이 그림을 사겠습니다.

jeo-neun i geu-ri-meul sa-get-seum-ni-da.

我要買這幅畫。

◆ 이 도자기에 <u>그림이 있는</u> 것이 있습니까?

i do-ja-gi-e <u>geu-ri-mi in-neun</u> geo-si it-seum-ni-kka?

這個陶瓷有<u>彩繪</u>的嗎？

단색의	손잡이가 달린
dan-sae-kui	son-ja-bi-ga dal-lin
單色的	把手的

◆ <u>대나무 공예품을</u> 사려 합니다.

<u>dae-na-mu gong-ye-pu-meul</u> sa-ryeo ham-ni-da.

我要<u>竹藝品</u>。

대나무 그릇을	대광주리를	대바구니를
dae-na-mu geu-reu-seul	dae-gwang-ju-ri-reul	dae-ba-gu-ni-reul
竹器	竹簍	竹籃

◆이 <u>골동품은</u> 진짜입니까?

i <u>gol-dong-pu-meun</u> jin-jja-im-ni-kka?

<u>這古董</u>是真的嗎?

고화는	서는	동양화는
go-hwa-neun	seo-hwa-neun	dong-yang-hwa-neun
古畫	字畫	國畫

◆여기 다른 골동 서화가 있습니까?

yeo-gi da-reun gol-dong seo-hwa-ga it-seum-ni-kka?

這裡有其它的古董字畫嗎?

MP3-22

◆한국적인 기념품이 있습니까?

han-guk-jeo-kin gi-nyeom-pu-mi it-seum-ni-kka?

有沒有賣韓國風味的紀念品？

◆한복을 맞추려 합니다.

han-bo-keul mat-chu-ryeo ham-ni-da.

我要訂做韓服。

돌 인장을	양복을	가죽점퍼를
dol in-jang-eul	yang-bok-eul	ga-juk-jeom-peo-reul
石雕印章	西裝	皮夾克

◆이런 옷감을 원합니다.

i-reon ot-ga-meul wo-nham-ni-da.

我要這種布料。

◆제 상의는 흰색을 원합니다.

je sang-ui-neun huin-sae-keul wo-nham-ni-da.

我的上衣要白色。

◆제 치마는 <u>이 색상을</u> 원합니다.

je chi-ma-neun <u>i saek-sang</u>-eul wo-nham-ni-da.

我的裙子要<u>這個顏色</u>。

녹색	귤색	파란 색
nok-saek	gyul-saek	pa-ran saek
綠色	橘色	藍色

◆한 벌 <u>맞추는데</u> 얼마입니까?

han beol <u>mat-chu-neun-de</u> eol-ma-im-ni-kka?

<u>訂做</u>一套多少錢?

옷감 가격	수공 비
ot-gam ga-gyeok	su-gong bi
布料費	手工費

◆이 글자를 새겨 주십시오.

i geul-ja-reul sae-gyeo ju-sip-si-o.

請幫我刻這個字。

◆저는 <u>한자를</u> 새기려 합니다.

jeo-neun <u>han-ja-reul</u> sae-gi-ryeo ham-ni-da.

我要刻<u>中文字</u>。

한글을	한자를	꽃무늬를
han-geu-reul	han-ja-reul	kkon-mu-nui-reul
韓文字	漢字	花紋

◆탈 모양의 <u>열쇄 고리가</u> 있습니까?

tal mo-yang-ui <u>yeol-swae go-ri-ga</u> it-seum-ni-kka?

有沒有假面具造型的<u>鑰匙圈</u>?

장식품이	기념품이	예술품이
jang-sik-pu-mi	gi-nyeom-pu-mi	ye-sul-pu-mi
裝飾品	紀念品	藝術品

◆저는 마시마로 <u>인형을</u> 사려 합니다.

jeo-neun ma-shi-ma-ro <u>i-nhyeong-eul</u> sa-ryeo ham-ni-da.

我要買獵奇小兔（賤兔）的<u>娃娃</u>。

티 셔츠	문구	우산
ti syeo-cheu	mun-gu	u-san
T恤	文具	雨傘

◆ 여기 <u>마시마로</u> 기념품을 팝니까 ?

yeo-gi <u>ma-shi-ma-ro</u> gi-nyeom-pu-meul pam-ni-kka?

這裡有沒有賣<u>獵奇小兔（賤兔）</u>的紀念品。

전통 북	한국 전통 인형	전통 부채
jeon-tong buk	han-guk jeon-tong i-nhyeong	jeon-tong bu-chae
傳統鼓	傳統韓國娃娃	傳統扇子

◆ 선물을 하려 합니다, <u>포장</u>해 주십시오.

seon-mu-reul ha-ryeo ham-ni-da, <u>po-jang</u>-eul hae ju-sip-si-o.

我要送禮，請幫我<u>包裝一下</u>。

나누어 포장	봉지 포장	나비 매듭으로
na-nu-eo po-jang	bong-ji po-jang	na-bi mae-deu-beu-ro
分開包裝	用袋子裝	打蝴蝶結

◆ 쇼핑 백 하나 주십시오.

<u>sho-pping baek ha-na</u> ju-sip-si-o.

請給我<u>一個手提袋</u>。

상자 포장	큰 봉지	종이 봉지
sang-ja po-jang	keun bong-ji	jong-i bong-ji
用盒子裝	大袋子	紙袋

◆ 이것은 조금 작은 것이 없습니까?

i-geo-seun jo-geum ja-keun geo-si eop-seum-ni-kka?

這個有沒有小一點的？

같은 모양의	새로운	깨끗한
ga-teun mo-yang-ui	sae-ro-un	kkae-kkeu-tan
同樣的	新的	乾淨的

◆ 이와 같은 것 열개를 사려 합니다.

i-wa ga-teun geot yeol-gae-reul sa-ryeo ham-ni-da.

我要買這個同樣的十個。

목각	핸드폰 걸이	다섯 개
mok-gak	haen-deu-pon geo-ri	da-seot gae
木雕	手機吊飾	五個

● 泡菜

　　泡菜在韓國的飲食文化中，佔有極重要的地位。泡菜的種類很多，如：大白菜、白蘿蔔、小黃瓜、小蘿蔔等。

　　泡菜除了主要的蔬菜外，有的還會添加栗子、魷魚、蝦等佐料，然後加入蔥、蒜、薑、辣椒粉，以及韓國特製的蝦醬水等配料醃製而成，待其發酵後便是道地的韓國泡菜了。

　　在韓國，各式各樣的泡菜，幾乎是韓國人三餐的主要菜餚，泡菜可說是韓國人餐桌上不可缺少的必需品。

5 계산
gye-san

 MP3-23 **結帳**

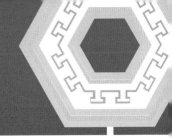

◆여기서 계산해도 됩니까?

yeo-gi-seo gye-san-hae-do doem-ni-kka?

我可以在這裡結帳嗎?

◆여기서 계산합니까?

yeo-gi-seo gye-san-ham-ni-kka?

請問在這裡付錢嗎?

◆<u>모두</u> 얼마입니까?

<u>mo-du</u> eol-ma-im-ni-kka?

<u>一共</u>多少錢?

할인 후	이런	저런
ha-rin hu	i-reon	jeo-reon
打折後	這些	那些

◆ **너무 비싸네요, 조금 싸게 해 주십시오.**

neo-mu bi-ssa-ne-yo, jo-geum ssa-ge hae ju-sip-si-o.

好貴喔，可以便宜一點嗎？

제 예산을 초과했습니다.

je ye-sa-neul
cho-gwa-haet-seum-ni-da.

超出我的預算

제 돈이 모자랍니다.

je do-ni mo-ja-ram-ni-da.

我的錢帶不夠

◆ **이렇게 많이 사는데, 조금 싸게 해 주십시오.**

i-reo-ke ma-ni sa-neun-de, jo-geum ssa-ge hae ju-sip-si-o.

我買這麼多，算便宜一點吧！

이것을 좋아하는데

i-geo-seul jo-a-ha-neun-de

我很喜歡這個

아주 사고 싶은데

a-ju sa-go -si-peun-de

我很想買

◆ **이것 할인 됩니까?**

i-geot ha-rin doem-ni-kka?

這個有沒有打折？

◆ 이곳에 특별 할인제품이 있습니까?

i-go-se teuk-byeol ha-rin-je-pu-mi it-seum-ni-kka?

這裡有沒有特價品？

◆ <u>만 오천원</u>에 해 주십시오.

<u>man o-cheo-nwo</u>-ne hae ju-sip-si-o.

算我一萬五可以嗎？

팔만원	오만사천원	십칠만원
pal-ma-nwon	o-man-sa-cheo-nwon	sip-chil-ma-nwon
八萬元	五萬四千元	十七萬元

◆ 아저씨, <u>천원</u>만 깎아 주십시오.

a-jeo-ssi, <u>cheo-nwon</u>-man kka-kka ju-sip-si-o.

老闆，就少算我一千元吧！

오천	만	삼천
o-cheon	man	sam-cheon
五千元	一萬元	三千元

◆한국 돈이 부족합니다, 신용카드 받습니까?

han-guk do-ni bu-jo-kham-ni-da, sin-nyong-ka-deu bat-seum-ni-kka?

我的韓幣不夠，可以刷卡嗎？

달러	엔화
dal-leo	en-hwa
美金	日幣

◆너무 비쌉니다, 조금 더 돌아 보겠습니다.

neo-mu bi-ssam-ni-da, jo-geum deo do-ra bo-get-seum-ni-da.

太貴了，我再逛逛別家好了。

생각해 보겠습니다	비교해 보겠습니다
saeng-ga-khae bo-get-seum-ni-da	bi-gyo-hae bo-get-seum-ni-da
考慮看看	比較一下

◆돈이 모자랍니다, 안 사겠습니다.

do-ni mo-ja-ram-ni-da, an sa-get-seum-ni-da.

我錢帶不夠，不買了。

◆ 가서 돈을 가져 오겠습니다 .

ga-seo do-neul ga-jyeo o-get-seum-ni-da.
回去拿錢。

◆ 가서 돈을 인출하겠습니다 .

ga-seo do-neul in-chul-ha-get-seum-ni-da.
先去領錢。

◆ 사고 싶지 않습니다.

sa-go sip-ji an-sseum-ni-da.
我不想買了。

◆ 조금 있다 와서 사겠습니다.

jo-geum it-da wa-seo sa-get-seum-ni-da.
我等一下再來買。

韓語旅遊心情語錄

娛樂

◆ **중국어를　할　줄　아는　안내원이　있습니까 ?**

jung-gu-keo-reul　hal　jul　a-neun　an-nae-wo-ni　it-seum-ni-kka?

請問有沒有懂中文的工作人員？

◆ **<u>단체　관광이</u>　있습니까 ?**

<u>dan-che　gwan-gwang-i</u>　it-seum-ni-kka?

請問，有<u>觀光團</u>嗎？

관광　안내　책자가	관광지도가	통역원이
gwan-gwang　an-nae chaek-ja-ga	gwan-gwang-ji-do-ga	tong-yeo-kwo-ni
觀光導覽手冊	觀光地圖	翻譯員

◆ **서울　<u>하루</u>　시티투어가　있습니까 ?**

seo-ul　<u>ha-ru</u>　si-ti-tu-eo-ga　it-seum-ni-kka?

有首爾<u>一日</u>遊的行程嗎？

반나절	이틀	삼일
ban-na-jeol	i-teul	sa-mil
半日	二日	三日

◆ 저는 시내 관광을 하겠습니다.

jeo-neun si-nae gwan-gwang-eul ha-get-seum-ni-da.

我要去市區觀光。

교외	강원도	제주도
gyo-oe	gang-won-do	je-ju-do
郊外	江原道	濟州島

◆ 관광을 하려 합니다, 관광 정보를 알려
주시겠습니까 ?

gwan-gwang-eul ha-ryeo ham-ni-da, gwan-gwang jeong-
bo-reul al-lyeo ju-si-get-seum-ni-kka?

我要觀光，可不可以提供旅遊資訊？

교통	숙박	음식
gyo-tong	suk-bak	eum-sik
交通	住宿	飲食

◆ 비행기자리 예약을 대신해 주는 서비스가
있습니까 ?

bi-haeng-gi-ja-ri ye-ya-keul dae-si-nhae ju-neun seo-
bi-seu-ga it-seum-ni-kka?

有代訂機位的服務嗎？

기차표	차표	호텔
gi-cha-pyo	cha-pyo	ho-tel
火車票	車票	飯店

◆ 저에게 설명을 해 주시겠습니까?

jeo-e-ge   seol-myeong-eul   hae   ju-si-get-seum-ni-kka?

可不可以幫我解說一下？

◆ 재미있는 곳을 추천해 주시겠습니까?

jae-mi-in-neun   go-seul   chu-cheo-nhae   ju-si-get-seum-ni-kka?

可以推薦我一些好玩的地方嗎？

◆ 중국어로 된 자료가 있습니까?

jung-gu-keo-ro   doen   ja-ryo-ga   it-seum-ni-kka?

有沒有中文的資料？

영문으로	일어로
yeong-mu-neu-ro	i-reo-ro
英文	日文

◆일정이 어떻게 됩니까?

il-jeong-i eo-tteo-ke doem-ni-kka?

行程包括哪些？

관광명소가	활동내용이	노선이
gwan-gwang-myeong-so-ga	hwal-dong-nae-yong-i	no-seo-ni
旅遊景點	活動內容	路線

◆한 사람 하루의 비용이 얼마입니까?

han sa-ram ha-ru-ui bi-yong-i eol-ma-im-ni-kka?

一個人一天的費用是多少錢？

◆차는 어디서 출발합니까?

cha-neun eo-di-seo chul-bal-ham-ni-kka?

車子在哪裡出發？

◆관광 버스가 있습니까?

gwan-gwang beo-seu-ga it-seum-ni-kka?

請問有觀光巴士嗎？

가이드가	중국어 가이드가	세끼 제공이
ga-i-deu-ga	jung-gu-keo ga-i-deu-ga	sek-ki je-gong-i
導遊	中文導遊	附三餐

◆ 몇 시까지 근무하십니까 ?

myeot si-kka-ji <u>geun-mu</u>-ha-sim-ni-kka?

請問你們<u>辦公</u>時間到幾點 ?

영업	휴식	서비스
yeong-eop	hyu-sik	seo-bi-seu
營業	休息	服務

◆ 또 어디에 관광 안내센터가 있습니까 ?

tto eo-di-e gwan-gwang an-nae-sen-teo-ga it-seum-ni-kka?

請問哪裡還有旅遊詢問服務中心 ?

★在韓國的首爾有一座「泡菜博物館」，博物館中陳列著泡菜的歷史，製作過程、加工泡菜模型，以及介紹泡菜發酵的功效，及其相關資料。此外，還有專門的櫃臺，讓參觀民眾親自體驗製作泡菜。

　　地點：首爾市江南區三成洞 COEXMall 地下二樓

　　交通：地鐵二號線三成站下車，第五出口直通 COEX-Mall 地下二樓

2 문예활동 관람

mu-nye-hwal-dong gwal-lam

 MP3-25 **欣賞文藝活動**

◆서비스 요금을 받습니까?

seo-bi-seu yo-geu-meul bat-seum-ni-kka?

請問你們的服務要收費嗎？

◆국립중앙박물관을 참관하려 합니다.

gung-nip-jung-ang-bang-mul-gwa-neul cham-gwan-ha-ryeo
ham-ni-da.

我要參觀國立中央博物館。

국립민속박물관	국악박물관
gung-nim-min-sok-bang-mul-gwan	gu-kak-bang-mul-gwan
國立民俗博物館	國樂博物館

◆미술관을 참관하려 합니다.

mi-sul-gwa-neul cham-gwan-ha-ryeo ham-ni-da.

我想參觀美術館。

국립현대미술관	서울시립미술관
gung-ni-pyeon-dae-mi-sul-gwan	seo-ul-si-rim-mi-sul-gwan
國立現代美術館	首爾市立美術館

◆ 한국의 전통예술 공연을 보고 싶습니다.

han-gu-kui jeon-tong-ye-sul gong-yeo-neul bo-go sip-seum-ni-da.

我要欣賞韓國傳統藝術表演。

무용	가극	민속
mu-yong	ga-geuk	min-sok
舞蹈	歌劇	民俗

◆ 입장표 한장에 얼마 입니까?

ip-jang-pyo han-jange eol-ma im-ni-kka?

一張門票多少錢？

입장권	성인표	아동표
ip-jang-gwon	seong-in-pyo	a-dong-pyo
入場券	成人票	兒童票

◆ 참관하는데 입장료를 받습니까?

cham-gwan-ha-neun-de ip-jang-nyo-reul bat-seum-ni-kka?

進去參觀要收費嗎？

◆ 어디서 입장권을 삽니까?

eo-di-seo ip-jang-gwo-neul sam-ni-kka?

在哪裡買門票？

◆ 공연을 언제 시작합니까?

gong-yeo-neul eon-je si-ja-kham-ni-kka?

請問表演幾點開始？

◆ 몇 시부터 표를 팝니까?

myeot si-bu-teo pyo-reul pam-ni-kka?

請問幾點開始售票？

◆ 극장은 몇 시에 엽니까?

geuk-jang-eun myeot si-e yeom-ni-kka?

劇場幾點開放？

화랑	회관	휴관합니까?
hwa-rang	hoe-gwan	hyu-gwan-ham-ni-kka?
畫廊	會館	休館

◆ 오페라 극장은 어디 있습니까?

o-pe-ra geuk-jang-eun eo-di it-seum-ni-kka?

請問歌劇場在哪裡？

소극장	노천극장	전람관
so-geuk-jang	no-cheon-geuk-jang	jeol-lam-gwan
小劇場	露天劇場	展覽館

◆ 저는 이 공연이 보고싶습니다, 공연장은 어디입니까 ?

jeo-neun i gong-yeo-ni bo-go-sip-seum-ni-da, gong-yeon-jang-eun eo-di-im-ni-kka?

我要看這個表演，表演會場在哪裡 ?

◆ 이 공연은 어디서 열립니까 ?

i gong-yeo-neun eo-di-seo yeol-lim-ni-kka?

請問這個表演在哪裡舉行 ?

◆ 공연 프로그램이 있습니까 ?

gong-yeon peu-ro-geu-rae-mi it-seum-ni-kka?

有表演節目單嗎 ?

프로그램 소개가	광고자료가
peu-ro-geu-raem so-gae-ga	gwang-go-ja-ryo-ga
節目簡介	文宣資料

◆ 기념품을 사는 곳이 어디 있습니까?

gi-nyeom-pu-meul sa-neun go-si eo-di it-seum-ni-kka?

請問賣紀念品的地方在哪裡?

기념스템프를 찍는	망원경 빌리는
gi-nyeom-seu-tem-peu-reul jjing-neun	mang-won-gyeong bil-li-neun
蓋紀念戳	租望遠鏡

◆ 들어갈 때 정장을 해야 합니까?

deu-reo-gal ttae jeong-jang-eul hae-ya ham-ni-kka?

進去要穿正式的服裝嗎?

◆ 참관 시 주의해야 할 사항은 무엇입니까?

cham-gwan si ju-ui-hae-ya hal sa-hang-eun mu-eo-sim-ni-kka?

參觀時,有需要注意的事項嗎?

MP3-26　遊樂場

◆ 우리　놀이동산　가서　놉시다！

u-ri　no-ri-dong-san　ga-seo　nop-si-da!

我們去遊樂場玩吧！

롯데월드	서울대공원
rot-dewol-deu	seo-ul-dae-gong-won
樂天世界	首爾樂園

◆ 입장권은　몇　종류　있습니까？

ip-jang-gwo-neun　myeot　jong-nyu　it-seum-ni-kka?

請問門票分哪幾種？

◆ 몇　종류의　입장권이　있습니까？

myeot　jong-nyu-ui　ip-jang-gwo-ni　it-seum-ni-kka?

請問有哪幾種售票方式？

◆ 입장권　한　장　사겠습니다.

ip-jang-gwon　han　jang　sa-get-seum-ni-da.

我要買一張入場券。

◆ 자유이용권은 얼마입니까?

ja-yu-i-yong-gwo-neun eol-ma-im-ni-kka?
請問全場使用券（自由使用券）一張多少錢？

◆ 우대권이 있습니까?

u-dae-gwo-ni it-seum-ni-kka?
有賣優待票嗎？

◆ 어디부터 줄을 서야 합니까?

eo-di-bu-teo ju-reul seo-ya ham-ni-kka?
從哪裡開始排隊？

◆ 어느것부터 놀까요?

eo-neu-geot-bu-teo nol-kka-yo?
從哪一個開始玩？

◆ 저는 저것을 터겠습니다.

jeo-neun jeo-geo-seul sa-get-seum-ni-da.

我要玩那個。

수상 낙원을	해적선을	청룡열차를
su-sang na-kwo-neul	hae-jeok-seo-neul	cheong-nyong-yeol-cha-reul
水上樂園	海盜船	雲霄飛車

◆ 저는 파도놀이를 하겠습니다.

jeo-neun pa-do-no-ri-reul ha-get-seum-ni-da.

我要玩衝浪池。

실내 수영장을	수상스키장을
sil-lae su-yeong-jang-eul	su-sang-seu-ki-jang-eul
室內游泳池	滑水池

◆ 저는 놀이공원 내의 유람 버스를 타겠습니다.

jeo-neun no-ri-gong-won nae-ui yu-ram beo-seu-reul ta-get-seum-ni-da.

我要坐園內觀光巴士。

◆회전 목마는 어디 있습니까?

hoe-jeon mong-ma-neun eo-di it-seum-ni-kka?

請問<u>旋轉木馬</u>在哪裡？

환상의 섬은	회오리 바람은
hwansangui seo-meun	hoeori bara-meun
夢幻島	龍捲風

◆이곳 저녁에 특별한 공연이 있습니까?

igot jeonyeoke teuk-byeo-lhan gong-yeo-ni it-seum-ni-kka?

請問這裡<u>晚上</u>有<u>特別活動</u>嗎？

휴일	오후	꽃차 공연이	원유회가
hyu-il	o-hu	kkotcha gong-yeo-ni	won-nyu-hoe-ga
假日	下午	花車表演	園遊會

◆매점이 어디 있습니까?

<u>mae-jeo-mi</u> eodi it-seum-ni-kka?

請問<u>販賣部</u>在哪裡？

휴게소가	식당가가	휴지통이
hyugeso-ga	sikdang-ga-ga	hyujitong-i
休息區	用餐區	垃圾桶

◆ 당신의 이것은 어디서 산 것입니까?

dang-si-nui i-geo-seun eo-di-seo san geo-sim-ni-kka?

請問你的這個是在哪裡買的？

팝콘은	핫도그는	음료는
Papko-neun	hatdogeu-neun	eumnyo-neun
爆米花	熱狗	飲料

● 教育制度

　韓國的教育制度與台灣相同，小學讀六年、國中讀三年、高中讀三年、大學讀四年。韓國學生升大學也是要參加聯考，其競爭的程度不下台灣過去的聯考制度。而隨著中韓貿易的頻繁，韓國學生到台灣學習中文的人，有逐漸增加的趨勢。

체육활동

che-yu-khwal-dong

體育活動

◆ 우리　가서　스키탑시다.

u-ri　ga-seo　seu-ki-tap-si-da.

我們去玩滑雪吧！

◆ 저는　용평　스키장에　가겠습니다.

jeo-neun　<u>yong-pyeong</u>　seu-ki-jang-e　ga-get-seum-ni-da.

我要去<u>龍平</u>滑雪場。

천마산	알프스	서울
Cheon-ma-san	al-peu-seu	seo-ul
天摩山	阿爾卑斯	首爾

◆ 저는　스키　장비를　원합니다.

jeo-neun　<u>seu-ki　jang-bi</u>-reul　wo-nham-ni-da.

我要租<u>滑雪工具</u>。

잠수　장비	공놀이　기구	튜브
jam-su　jang-bi	gong-no-ri　gi-gu	tyu-beu
潛水用具	球具	游泳圈

◆ 어디서 스키 강습 신청을 합니까?

eo-di-seo seu-ki gang-seup sin-cheong-eul ham-ni-kka?

在哪裡申請學滑雪？

옷을 갈아입을 수 있습니까	썰매표를 살 수 있습니까
o-seul ga-ra-i-peul su it-seum-ni-kka	sseol-mae-pyo-reul sal su it-seum-ni-kka
換衣服	買纜車票

◆ 빌리는 가격이 얼마입니까?

bil-li-neun ga-gyeo-ki eol-ma-im-ni-kka?

租金多少錢？

비용	보증금	계약금
bi-yong	bo-jeung-geum	gye-yak-geum
費用	押金	訂金

◆ 몇 시간 빌릴 수 있습니까?

myeot si-gan bil-lil su it-seum-ni-kka?

可以租多久？

놀을	배울	앉을
no-reul	ba-eul	an-jeul
玩	學	坐

◆저는 축구장에 가서 <u>축구</u> 경기를
보겠습니다.

jeo-neun   chuk-gu-jang-e   ga-seo   <u>chuk-gu</u>   gyeong-gi-
reul   bo-get-seum-ni-da.

我要去球場看足球賽。

야구	농구	배구
ya-gu	nong-gu	bae-gu
棒球	籃球	排球

◆저는 태권도 시합을 보고 싶습니다.

jeo-neun   tae-gwon-do   si-ha-beul   bo-go   sip-seum-ni-da.
我想看跆拳道比賽。

◆저는 경마장에 가서 경마를 보고
싶습니다.

jeo-neun   gyeong-ma-jang-e   ga-seo   gyeong-ma-reul
bo-go   sip-seum-ni-da.

我要去賽馬場看賽馬。

◆저는 사격장에 가서 사격을 하겠습니다.

jeo-neun   sa-gyeok-jang-e   ga-seo   sa-gyeo-keul   ha-get-
seum-ni-da.

我要去射擊場玩射擊。

◆이번 시합은 어느 선수끼리의 시합입니까?

i-beon si-ha-beun <u>eo-neu seon-su</u>-kki-ri-ui si-ha-bim-ni-kka?

這一場是誰跟誰比賽？

어느 나라	어느 팀
eo-neu na-ra	eo-neu tim
那一國	那一隊

◆이번 시합은 어떤 팀들이 참가하였습니까?

i-beon si-ha-beun eo-tteon tim-deu-ri cham-ga-ha-yeot-seum-ni-kka?

這次比賽有哪些球隊參加？

◆응원용 호루라기를 팝니까?

eung-won-nyong <u>ho-ru-ra-gi-reul</u> pam-ni-kka?

有賣加油用的哨子嗎？

확성기를	형광막대를
hwak-seong-gi-reul	hyeong-gwang-mak-dae-reul
擴音器	螢光棒

◆ 구조요원은 어디에 있습니까?

<u>gu-jo-yo-wo-neun</u>　eo-di-e　it-seum-ni-kka?

請問<u>救生員</u>在哪裡？

코치는	근무　요원은
ko-chi-neun	geun-mu　yo-wo-neun
教練	工作人員

● 匯率、貨幣

　　外國駐韓的主要銀行，有美國、法國、德國、英國、中國、日本等，其他國家的銀行也有在韓國開設分行，不過家數不多。在韓國兌換如：美金或日元等外幣，需到有經營外幣兌換的銀行兌換。

　　韓國的貨幣單位是「元」，硬幣有 1、10、50、100、500 元，紙幣有 1000、5000、10000、50000 等面值。

　　韓國通用的信用卡有：VISA、MasterCard、Amex、Diners Club、JCB 等。

◆ 어디에 온천이 있습니까?

eo-die on-cheo-ni it-seum-ni-kka?

請問這裡有溫泉嗎?

공중 목욕탕이	사우나가	노천 온천이
gong-jung mo-kyok-tang-i	sa-u-na-ga	no-cheon on-cheo-ni
公共澡堂	三溫暖	露天溫泉

◆ 등을 밀어줄 사람을 원합니다.

deung-eul mi-reo-jul sa-ra-meul wo-nham-ni-da.

我要請人幫我搓背。

안마해 줄	얼굴 마사지해 줄
an-ma-hae jul	eol-gul ma-sa-ji-hae jul
按摩	做臉

◆ 전체적인 치료 과정 내용을 소개해
주십시오.

jeon-che-jeo-kin chi-ryo gwa-jeong nae-yong-eul so-gae-hae ju-sip-si-o.

請幫我介紹整個療程內容。

◆ 전체 서비스 비용이 얼마입니까?

jeon-che seo-bi-seu bi-yong-i eol-ma-im-ni-kka?

全程的服務費多少錢?

◆ 저는 고혈압이 있는데 목욕을 해도 됩니까?

jeo-neun go-hyeo-ra-bi in-neun-de mo-kyo-keul hae-do doem-ni-kka?

我有高血壓也可以洗嗎?

당뇨병	심장병	천식
dang-nyo-byeong	sim-jang-byeong	cheon-sik
糖尿病	心臟病	氣喘

◆ 여기는 남탕입니까?

yeo-gi-neun nam-tang-im-ni-kka?

這是男生浴池嗎?

여탕	공중목욕탕
yeo-tang	gong-jung-mo-kyok-tang
女生	公共浴池

◆사우나에는 몇 분간 들어가 있어야
합니까 ?

sa-u-na-e-neun myeot bun-gan deu-reo-ga i-seo-ya
ham-ni-kka?

三溫暖室要進去幾分鐘 ?

열탕	냉탕	사우나실
yeol-tang	naeng-tang	sa-u-na-sil
熱水池	冷水池	蒸氣室

◆너무 뜨겁습니다.

neo-mu tteu-geop-seum-ni-da.

這個好燙。

아픕니다	덥습니다	춥습니다
a-peum-ni-da	deop-seum-ni-da	chup-seum-ni-da
痛	熱	冷

◆목욕을 하는데 특별히 주의해야 할
사항이 있습니까 ?

mo-kyo-keul ha-neun-de teuk-byeo-lhi ju-ui-hae-ya hal
sa-hang-i it-seum-ni-kka?

洗這個有特別的禁忌嗎 ?

◆옷을 어디에 둡니까 ?

<u>o-seul</u>　eo-di-e　dum-ni-kka?

請問<u>衣服</u>放哪裡？

귀중품을	신발을	휴지를
gwi-jung-pu-meul	sin-ba-leul	hyu-ji-reul
貴重物品	鞋子	垃圾

◆이 자리에 사람이 있습니까 ?

i　<u>ja-ri</u>-e　sa-ra-mi　it-seum-ni-kka?

這個<u>位子</u>有人坐嗎？

곳	걸상	세수 대야	샤워실
Got	geol-sang	se-su dae-ya	sya-wo-sil
地方	板凳	臉盆	淋浴室

■網路咖啡廳

　　在台灣非常盛行的網咖，在韓國同樣很流行喔！不過他們不叫網路咖啡廳，是叫「PC 방」（PC 房）或是「Game 방」（遊戲房）。在韓國會到網咖消費的消費者多半是青少年，每小時的價格因每家設備的不同，而有所差別，大約一小時在二千到三千韓幣之間。

◆청결 용품을 빌릴 수 있습니까?

cheong-gyeol yong-pu-meul bil-lil su it-seum-ni-kka?

我可以跟你借一點清潔用品嗎？

샴프를	린스를	비누를
syam-peu-reul	rin-seu-reul	bi-nu-reul
洗髮精	潤髮乳	香皂

6 명승고적 답사

myeong-seung-go-jeok dap-sa

🎧 MP3-29　**參觀名勝古蹟**

◆ **경치가　매우　아름답습니다 !**

gyeong-chi-ga　mae-u　a-reum-dap-seum-ni-da!

好<u>漂亮</u>的風景喔！

장관합니다	특별합니다	대단합니다
jang-gwa-nham-ni-da	teuk-byeo-lham-ni-da	dae-da-nham-ni-da
壯觀	特別	棒

◆ **이곳에서　사진을　찍을　수　있습니까 ?**

i-go-se-seo　sa-ji-neul　jji-keul　su　it-seum-ni-kka?

這裡可以拍照嗎？

◆ **안에서　비디오　촬영이　가능합니까 ?**

a-ne-seo　bi-di-o　chwa-ryeong-i　ga-neung-ham-ni-kka?

裡面可以用 V8 拍攝嗎？

◆ **우리　함께　사진　찍읍시다 !**

u-ri　ham-kkae　sa-jin　jji-keup-si-da!

我們一起拍張照片吧！

第七章　娛樂

151

◆ 사진 한장 찍어 주실 수 있습니까?

sa-jin han-jang jji-keo ju-sil su it-seum-ni-kka?

請幫我拍張照片好嗎?

◆ 여기를 누르시면 됩니다.

yeo-gi-reul nu-reu-si-myeon doem-ni-da.

按這裡就可以了。

◆ 이곳의 시야가 아주 좋습니다.

i-go-sui si-ya-ga a-ju jo-sseum-ni-da.

這裡的視野很好。

배경이	각도	느낌이
bae-gyeong-i	gak-do	neu-kki-mi
背景	角度	感覺

◆ 자, 웃으세요.

ja, u-seu-se-yo.

來,笑一個。

◆ 한 장 더 찍어 주시겠습니까 ?

han-jang deo jji-keo ju-si-get-seum-ni-kka?

再拍一張好嗎？

◆ 찍습니다, 하나 둘 셋.

jjik-seum-ni-da, ha-na dul set.

我要開始照了，一二三。

◆ 제가 사진 찍어 드릴까요 ?

je-ga sa-jin jji-keo deu-ril-kka-yo?

需要我幫你拍照嗎？

◆ <u>케이블 카</u>를 타겠습니다.

<u>kei-beul ka</u>-reul ta-get-seum-ni-da.

我要坐<u>纜車</u>。

관광버스	승용차	자전거
gwan-gwang-beo-seu	seung-yong-cha	ja-jeon-geo
觀光巴士	小客車	腳踏車

◆이 활동은 일반 시민 참가가 가능합니까?

i hwal-dong-eun il-ban si-min cham-ga-ga ga-neung-ham-ni-kka?

這個活動有開放給一般民眾參加嗎？

◆저는 이 활동에 참가 신청을 원합니다.

jeo-neun i hwal-dong-e cham-ga sin-cheong-eul wo-nham-ni-da.

我要報名參加這裡的活動。

강좌	과정	축제
gang-jwa	gwa-jeong	chuk-je
講座	課程	慶典

◆공연은 몇시에 시작합니까?

gong-yeo-neun myeot-si-e si-ja-kham-ni-kka?

請問表演幾點開始？

예식	의식	캠페인
ye-sik	ui-sik	kaem-pe-in
典禮	儀式	活動

◆저는 경복궁을 참관하고 싶습니다.

jeo-neun gyeong-bok-gung-eul cham-gwan-ha-go sip-seum-ni-da.

我想參觀景福宮。

민속촌	사직궁	경복궁
min-sok-chon	sa-jik-gung	gyeong-bok-gung
民俗村	社稷壇	慶熙宮

◆어디 가면 한국 전통의 건축물을 볼 수 있습니까?

eo-di ga-myeon han-guk jeon-tong-ui geon-chung-mu-reul bol su it-seum-ni-kka?

哪裡可以看到韓國傳統的建築？

◆어느 곳에 고적이 비교적 많습니까?

eo-neu go-se go-jeo-ki bi-gyo-jeok man-sseum-ni-kka?

哪裡的古蹟比較多？

◆ 매표소가　어디입니까？

mae-pyo-so-ga　eo-di-im-ni-kka?

請問售票區在哪裡？

입구	출구	비상구
ip-gu	chul-gu	bi-sang-gu
入口	出口	逃生門

◆ 표　한장　얼마입니까？

pyo　han-jang　eol-ma-im-ni-kka?

我要買一張票，多少錢？

두 장	네 장	열 장
du jang	ne jang	yeol jang
兩張	四張	十張

◆ 저는　복도　쪽의　자리를　원합니다.

jeo-neun　bok-do jjo-kui　ja-ri-reul　wo-nham-ni-da.

我要靠走道的位子。

중간의	앞쪽의	뒷쪽 의
jung-ga-nui	ap-jjo-kui	dwit-jjo-kui
中間的	前面的	後面的

◆저는 귀빈석을 원합니다.

jeo-neun <u>gwi-bin-seo</u>-keul wo-nham-ni-da.

我要<u>貴賓區</u>。

춤추는 곳	흡연 구역	비흡연 구역
chum-chu-neun got	heu-byeon gu-yeok	bi-heu-byeon gu-yeok
搖滾區	吸煙區	非吸煙區

◆<u>당일</u> 표가 아직 있습니까 ?

<u>dang-il</u> pyo-ga a-jik it-seum-ni-kka?

請問還有<u>今天</u>的票嗎 ?

내일	토요일	다음 주
nae-il	to-yo-il	da-eum ju
明天	星期六	下星期

◆저 대신 자리 좀 봐 주시겠습니까 ?

jeo dae-sin ja-ri jom bwa ju-si-get-seum-ni-kka?

請幫我帶位。

◆ 죄송하지만, 저와 자리를 바꿀 수 있습니까 ?

joe-song-ha-ji-man, jeo-wa ja-ri-reul ba-kkul su it-seum-ni-kka?

對不起，我可以跟你換座位嗎？

◆ 이 영화는 <u>장동건</u> 주연입니까 ?

i yeong-hwa-neun <u>jang-dong-geon</u> ju-yeo-nim-ni-kka?

這部電影是<u>張東健</u>主演的嗎？

안재욱	송승헌	김희선	송혜교
an-jae-uk	song-seung-heon	gi-mhui-seon	song-hye-gyo
安在旭	宋承憲	金喜善	宋慧喬

◆ 이것은 <u>코메디</u> 영화입니까 ?

i-geo-seun <u>ko-me-di</u> yeong-hwa-im-ni-kka?

這部電影是<u>喜劇片</u>嗎？

학창 영화	멜로 영화	액션 영화
hak-chang yeong-hwa	mel-lo yeong-hwa	aek-syeon yeong-hwa
校園片	愛情片	打鬥片

◆ 저는 <u>한국 영화</u>를 보겠습니다.

jeo-neun <u>han-guk yeong-hwa</u>-reul bo-get-seum-ni-da.

我要看<u>韓國片</u>。

미국 영화	프랑스 영화
mi-guk yeong-hwa	**peu-rang-seu yeong-hwa**
美國片	法國片

◆ 어디서 줄을 서서 입장합니까?

eo-di-seo ju-reul seo-seo ip-jang-ham-ni-kka?

請問是從這裡排隊進場嗎?

◆ 안에서 음식을 먹을 수 있습니까?

a-ne-seo eum-si-keul meo-keul su it-seum-ni-kka?

裡面可以吃東西嗎?

◆ <u>상영</u> 시간이 얼마나 깁니까?

<u>sang-yeong</u> si-ga-ni eol-ma-na gim-ni-kka?

請問<u>片長</u>多久?

상영	휴식	공연
sang-yeong	**hyu-sik**	**gong-yeon**
播放	休息	表演

第八章

交通

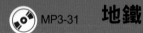
◆ **자동매표기가 어디에 있습니까?**

ja-dong-mae-pyo-gi-ga　eo-di-e　it-seum-ni-kka?

請問售票機在哪裡？

매표소가	플랫폼이	환전소가
mae-pyo-so-ga	peul-laet-po-mi	hwan-jeon-so-ga
售票處	月台	換幣處

◆ **서울역까지 가는 표 한장 주십시오.**

seo-u-ryeok-kka-ji　ga-neun　pyo　han-jang　ju-sip-si-yo.

我要一張到首爾火車站的票。

종로 삼가	고속 버스 터미날
jong-no　sam-ga	go-sok-beo-seu　teo-mi-nal
鐘路三街	高速巴士客運站

◆ **삼호선은 무슨 색입니까?**

sam-ho-seo-neun　mu-seun　sae-kim-ni-kka?

請問三號線是什麼顏色？

국철	분당선	일호선	이호선
guk-cheol	bun-dang-seon	i-lho-seon	i-ho-seon
國鐵	盆唐線	一號線	二號線

◆ 이 지하철은 명동역까지 갑니까?

i ji-ha-cheo-reun myeong-dongy-eok-kka-ji gam-ni-kka?

請問這班地鐵有到明洞站嗎？

잠실	종합운동장	서울대공원
jam-sil	jong-ha-bun-dong-jang	seo-ul-dae-gong-won
蠶室	綜合運動場	大公園

◆ 이 색은 몇호선입니까?

i sae-keun myeo-to-seo-nim-ni-kka?

請問這個顏色是幾號線？

녹색	자주색	오렌지색
nok-saek	ja-ju-saek	o-ren-ji-saek
綠色	紫色	橘色

◆ 이것은 환승역 표시입니까?

i-geo-seun hwan-seung-yeok pyo-si-im-ni-kka?

請問這是轉乘站的符號嗎？

지하철 입구	버스 정거장
ji-ha-cheol ip-gu	beo-seu jeong-geo-jang
地鐵入口	巴士站

◆ 답십리 가려면 어느 플랫폼으로 가야
합니까?

<u>dap-sim-ni</u> ga-ryeo-myeon eo-neu peul-laet-po-meu-ro
ga-ya ham-ni-kka?

請問我要到<u>踏十里</u>，是在哪一個月台？

회현동	암사동	충무로
hoe-hyeon-dong	am-sa-dong	chung-mu-ro
會賢洞	岩寺洞	忠武路

◆ 지하철 안에서 음식을 먹을 수
있습니까?

ji-ha-cheol a-ne-seo eum-si-keul meo-keul su it-
seum-ni-kka?

在地鐵站內可以吃東西嗎？

◆ 지하철 역 안에서는 금연입니까?

ji-ha-cheol yeok a-ne-seo-neun geu-myeo-nim-ni-kka?

在地鐵站裡可不可以吸煙？

◆ 역을 지나왔는데, 어디서 초과된 요금을
내야 합니까?

yeo-keul ji-na-wan-neun-de, eo-di-seo cho-gwa-doen yo-
geu-meul nae-ya ham-ni-kka?

我坐過站了，要在哪裡補票？

◆ 어떻게 갈아타야 합니까?

eo-tteo-ke ga-ra-ta-ya ham-ni-kka?

請問要怎麼轉車？

◆ 지하철 노선표가 있습니까?

ji-ha-cheol no-seon-pyo-ga it-seum-ni-kka?

有沒有地鐵的路線圖？

시간표	운임표	지도
si-gan-pyo	u-nim-pyo	ji-do
時刻表	運費表	地圖

◆ 저는 어떻게 4 호선을 갈아타야 합니까?

jeo-neun eo-tteo-ke sa-ho-seo-neul ga-ra-ta-ya ham-ni-
kka?

請問我怎麼換搭四號線？

●韓國的公車

　一般韓國居民的交通工具，除了地鐵就是公車，在主要的大城市中，公車路線的密集度，不下於地鐵，由於有公車專用道，所以，沒有塞車之苦，是很方便的交通工具之一。

　韓國的市內公車，分為三種：高級座席公車、座席公車、普通公車。高級座席公車的設備最好，車上只有座席，不但座椅舒適，各站還有英語播音，適合較遠程時搭乘。至於普通公車就是一般的公車，車票約 1200 元韓幣。

● 韓國氣候

　韓國屬於溫帶氣候，四季分明。春季春暖花開，夏季炎熱潮濕，秋季秋高氣爽，冬季則寒冷乾燥。因此，在韓國，可以欣賞到各個季節的漂亮景致。而每年的六月到八月，是韓國的雨季，降雨量約佔全年降雨量的一半。

2 버스
beo-seu

 MP3-32

巴士

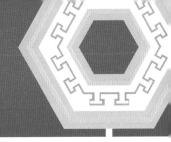

◆ 이 버스는 창경궁까지 갑니까?

i beo-seu-neun chang-gyeong-gung-kka-ji gam-ni-kka?

請問這輛公車有到昌慶宮嗎?

비원	강화산성	국립국악원
bi-won	gang-hwa-san-seong	gung-nip-gu-ka-kwon
秘苑	江華山城	國立國樂院

◆ 이것은 일반 버스입니까?

i-geo-seun il-ban beo-seu im-ni-kka?

這是普通公車嗎?

좌석	고급좌석
jwa-seok	go-geupjwa-seok
座席	高級座席

◆ 이것은 민속촌을 오가는 무료
버스입니까?

i-geo-seun min-sok-cho-neul o-ga-neun mu-ryo beo-seu-im-ni-kka?

這是前往民俗村的免費班車嗎?

第八章 交通

◆ 차표가 얼마입니까？

cha-pyo-ga　eol-ma-im-ni-kka?

車票多少錢？

◆ 버스는 몇시에 운행합니까？

beo-seu-neun　myeot-si-e　u-nhaeng-ham-ni-kka?

請問<u>公車</u>幾點開？

다음 버스	첫차	막차
da-eum beo-seu	cheot-cha	mak-cha
下一班車	首班車	末班車

◆

명동에 가려면 무슨 버스를 타야 합니까？

myeong-dong-e　ga-ryeo-myeon　mu-seun　beo-seu-reul-
ta-ya　ham-ni-kka?

請問我要到<u>明洞</u>，要搭什麼公車？

구로동	정동	기차역
gu-ro-dong	jeong-dong	gi-cha-yeok
九老洞	貞洞	火車站

◆ 하차 벨은 어디 있습니까 ?

ha-cha be-reun eo-di it-seum-ni-kka?

請問下車鈴在哪裡 ?

◆ 기차역에 다왔습니까 ?

gi-cha-yeo-ke da-wat-seum-ni-kka?

請問火車站到了嗎 ?

◆ <u>다음 정거장</u>은 어디입니까 ?

<u>da-eum jeong-geo-jang</u>-eun eo-di-im-ni-kka?

請問<u>下一站</u>是哪裡 ?

이번 정거장	지난 정거장
i-beon jeong-geo-jang	ji-nan jeong-geo-jang
這一站	上一站

◆ <u>예술의전당</u>에 다 왔습니까?

<u>ye-su-rui-jeon-dang</u>-e da wat-seum-ni-kka?

請問<u>藝術之殿堂</u>到了嗎?

시청	종각	신촌
si-cheong	jong-gak	sin-chon
市政廳	鐘閣	新村

◆ 몇 정거장을 타야 합니까?

myeot jeong-geo-jang-eul ta-ya ham-ni-kka?

我應該要坐幾站?

◆ 몇 정거장을 더 가야 됩니까?

myeot jeong-geo-jang-eul deo ga-ya doem-ni-kka?

還有幾站才會到?

◆ 신당동에 도착하면 저에게 알려주실 수 있습니까?

sin-dang-dong-e do-cha-kha-myeon jeo-e-ge al-lyeo-ju-sil su it-seum-ni-kka?

到新堂洞可不可以告訴我一下？

압구정동	어린이대공원
ap-gu-jeong-dong	eo-ri-ni-dae-gong-won
狎鷗亭站	兒童大公園站

◆ 정거장을 지나쳤는데 어떻게 해야 합니까?

jeong-geo-jang-eul ji-na-chyeon-neun-de eo-tteo-ke hae-ya ham-ni-kka?

我坐過站了，怎麼辦？

◆ 잘못 내렸습니다.

jal-mot nae-ryeot-seum-ni-da.

我下錯站了。

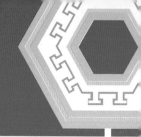

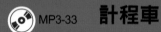

◆ 택시 좀 불러 주시겠습니까?

taek-si　jom　bul-leo　ju-si-get-seum-ni-kka?

請幫我叫計程車。

구급차	공항차
gu-geup-cha	gong-hang-cha
救護車	到機場的車

◆ 기사 아저씨, 저는 여기까지 갑니다.

gi-sa　a-jeo-ssi, jeo-neun　yeo-gi-kka-ji　gam-ni-da.

司機先生，我要到這裡。

인천 공항	이 주소	이 상점
in-cheon　gong-hang	i　ju-so	i　sang-jeom
仁川機場	這個地址	這家店

◆ 여기서 세워 주시면 됩니다.

yeo-gi-seo　se-wo　ju-si-myeon　doem-ni-da.

在這裡停就可以了。

앞의 입구에서	거기서	앞에서
a-pui　ip-gu-e-seo	geo-gi-seo	a-pe-seo
前面路口	那邊	前面

◆ 앞에서 우회전 부탁합니다.

a-pe-seo u-hoe-jeon bu-ta-kham-ni-da.

請在前面<u>右轉</u>。

좌회전	유 턴
jwa-hoe-jeon	yu teon
左轉	迴轉

◆ 앞의 신호등에서 잠시 정차 부탁합니다.

a-pui si-nho-deung-e-seo jam-si jeong-cha bu-ta-kham-ni-da.

請在前面的<u>紅綠燈</u>暫停一下。

상점	공중전화	은행
sang-jeom	gong-jung-jeo-nwa	eu-naeng
商店	公共電話	銀行

◆ 이곳은 제가 잘 모르니, 길을 물어 봐 주십시오.

i-go-seun je-ga jal mo-reu-ni, gi-reul mu-reo bwa ju-sip-si-o.

我對這裡不熟，請幫我問一下路。

◆ 막히지 않는 길로 가 주십시오.

ma-khi-ji an-neun gil-lo ga ju-sip-si-o.
請走較快的路。

◆ 뒤 트렁크를 열어 주십시오.

dwi teu-reong-keu-reul yeo-reo ju-sip-si-o.
請幫我開行李廂。

앞문을	뒷문을	문을
am-mu-neul	dwin-mu-neul	mu-neul
後車門	前車門	門

◆ 창문을 열어도 됩니까?

chang-mu-neul yeo-reo-do doem-ni-kka?
可以開窗戶嗎?

에어컨을 켜도	음악을 틀어도
e-eo-keo-neul kyeo-do	eu-ma-keul teu-reo-do
開冷氣	開音樂

◆죄송하지만, 시간이 급하니 빨리 가
  주실 수 있습니까?

joe-song-ha-ji-man, si-ga-ni geu-pa-ni ppal-li ga
ju-sil su it-seum-ni-kka?

對不起，我趕時間可以開快一點嗎？

◆요금을 어떻게 받습니까?

yo-geu-meul eo-tteo-ke bat-seum-ni-kka?

請問怎麼收費？

◆그곳에 도착한 후 저를 좀 기다려 주실
  수 있습니까?

geu-go-se do-cha-khan hu jeo-reul jom gi-da-ryeo
ju-sil su it-seum-ni-kka?

到那裡之後，可以等我一下嗎？

◆당신의 차를 타고 돌아오고 싶습니다.

dang-sin-ui cha-reul ta-go do-ra-o-go sip-seum-ni-da.

我想坐你的車回來。

◆ 중국어를 할 줄 아십니까?

jung-gu-keo-reul hal jul a-sim-ni-kka?

請問你會講中文嗎？

영어	일어
yeong-eo	i-reo
英文	日文

◆ 이것은 팁입니다.

i-geo-seun   ti-bim-ni-da

這是給你的小費。

◆ 거스름돈을 가지세요, 감사합니다.

geo-seu-reum-do-neul   ga-ji-se-yo, gam-sa-ham-ni-da.

零錢不用找了，謝謝。

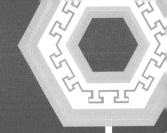
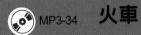
◆대구까지 가는 기차표가 있습니까?

<u>dae-gu</u>-kka-ji ga-neun gi-cha-pyo-ga it-seum-ni-kka?

有到<u>大邱</u>的火車票嗎?

대전	경주	여수
dae-jeon	gyeong-ju	yeo-su
大田	慶州	麗水

◆오늘 밤 8시 차가 있습니까?

o-neul <u>bam yeo-deol-si</u> cha-ga it-seum-ni-kka?

有沒有今天<u>晚上八點</u>的班次?

오전	오후	6시	4시 반
o-jeon	o-hu	yeo-seot-si	ne-si ban
早上	下午	六點	四點半

◆왕복표 한장 주십시오.

<u>wang-bok-pyo</u> han-jang ju-sip-si-o.

我要一張<u>來回票</u>。

第八章 交通

177

◆ 부산까지 가는 기차는 몇 시에
출발합니까 ?

bu-san-kka-ji ga-neun gi-cha-neun <u>myeot si-e chul-ba-lham-ni-kka</u>?

請問到釜山的火車<u>幾點開</u> ?

몇 편 있습니까 ?	몇 등급이 있습니까 ?
myeot pyeon it-seum-ni-kka?	myeot deung-geu-bi it-seum-ni-kka?
有幾個班次	有幾種等級

◆ <u>전주</u>까지 가는 기차는 어디서 탑니까 ?

<u>jeon-ju</u>-kka-ji ga-neun gi-cha-neun eo-di-seo tam-ni-kka?

往<u>全州</u>的火車要在哪裡坐 ?

안동	목포	순천
an-dong	mok-po	sun-cheon
安東	木浦	順天

◆ 일번 플랫폼은 어디입니까 ?

il-beon peul-laet-po-meun eo-di-im-ni-kka?

請問一號月台在哪裡 ?

◆ 동대구까지 가려면 어떤 선을 타야 합니까?

dong-dae-gu-kka-ji ga-ryeo-myeon eo-tteon seo-neul
ta-ya ham-ni-kka?

請問我要到東大邱，要搭什麼線的火車？

◆ 열차 시간표가 어디 있습니까?

yeol-cha si-gan-pyo-ga eo-di it-seum-ni-kka?

請問時刻表在哪裡？

◆ 저는 관광객입니다, 시간표를 봐 주시겠습니까?

jeo-neun gwan-gwang-gae-kim-ni-da, si-gan-pyo-reul
bwa ju-si-get-seum-ni-kka?

我是觀光客，請幫我看時刻表。

◆ 저는 서대전까지 갑니다.

jeo-neun seo-dae-jeon-kka-ji gam-ni-da.

我要到西大田。

부산	청량리	동해
bu-san	cheong-nyang-ni	dong-hae
釜山	清涼里	東海

◆ 저는　무궁화호를　타려　합니다.

jeo-neun　mu-gungh-wa-ho-reul　ta-ryeo　ham-ni-da.

我要坐<u>無窮花號</u>。

새마을호	통일호	특급열차
sae-ma-eu-lho	tong-i-lho	teuk-geu-byeol-cha
新村號	統一號	特快車

◆ 창가　자리를　주십시오.

<u>chang-ga</u>　ja-ri-reul　ju-sip-si-o.

請給我<u>靠窗</u>的位子。

복도　쪽	중간	출구에　가까운
Bok-do　jjok	jung-gan	chul-gu-e　ga-kka-un
靠走道	中間	接近出口

● 高速巴士

　　韓國的高速巴士分為一般的和優等的兩種，優等的高速巴士除了座位較大、較為舒適外，車上還有冷暖氣、公共電話等設備供遊客使用，其票價較鐵路的票價便宜。

◆ 기차 안에 음식을 팝니까?

gi-cha a-ne eum-si-keul pam-ni-kka?

火車上有賣餐飲嗎？

◆ 기차 안에서 추가 요금을 지불할 수
있습니까?

gi-cha a-ne-seo chu-ga yo-geu-meul ji-bu-lhal su
it-seum-ni-kka?

在火車上可以補票嗎？

● 韓國地形

　　韓國位於亞洲的東北方，是一個半島國家，韓國的西北部銜接中國大陸的東北部，北以鴨綠江和豆滿江為國界，向東南方向伸展。朝鮮半島南北長約一千公里，東西最短距離為二一六公里，總面積為二十二萬平方公里。

　　韓國的國土山地和丘陵佔總面積的 70%，東北部的地形較陡峭多高山地形，韓國諸多著名的風景便在此區，如：江原道的雪嶽山國家公園、五台山國家公園等，都在韓國的東北部。韓國的西南部則是一遍平原，為韓國的穀倉。

第九章

在銀行

1 환전

hwan-jeon

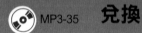 MP3-35　兌換

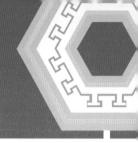

◆ 은행이　어디　있습니까 ?

eu-nhaeng-i　eo-di　it-seum-ni-kka?

請問銀行在哪裡 ?

환전소가	현금인출기가
hwan-jeon-so-ga	hyeon-geu-min-chul-gi-ga
兌換處	提款機

◆ 이　근처에　외화를　환전하는　은행이　있습니까 ?

i　geun-cheo-e　oe-hwa-reul　hwan-jeon-ha-neun　eun-haeng-i　it-seum-ni-kka?

這附近有兌換外幣的銀行嗎 ?

정거장	빌딩	공항 호텔
jeong-geo-jang	bil-ding	gong-hang ho-tel
車站	大樓	機場飯店

◆안녕하세요, 환전하려 합니다.

an-nyeong-ha-se-yo, hwan-jeon-ha-ryeo ham-ni-da.

你好，我要換錢。

저금하려 jeo-geu-mha-ryeo 存錢	현금 인출하려 hyeon-geum in-chul-ha-ryeo 提錢

◆오늘의 환률이 얼마입니까 ?

o-neu-rui hwal-lyu-ri eol-ma-im-ni-kka?

今天的匯率是多少 ?

어제 eo-je 昨天	현제 hyeon-je 現在	오전 o-jeon 上午

◆미국 달러로 바꾸려 합니다.

mi-guk dal-leo-ro ba-kku-ryeo ham-ni-da.

我要兌換美金。

엔화로 e-nhwa-ro 日幣	여행자 수표로 yeo-haeng-ja su-pyo-ro 旅行支票	대만 돈으로 dae-man do-neu-ro 台幣

◆ 수수료를 내야 합니까?

su-su-ryo-reul nae-ya ham-ni-kka?

需要付手續費嗎？

인건비를	서비스비를	세금을
in-geon-bi-reul	seo-bi-seu-bi-reul	se-geu-meul
工本費	服務費	稅金

◆ 동전으로 바꾸려 합니다.

dong-jeo-neu-ro ba-kku-ryeo ham-ni-da.

我想要換銅板。

소액의 지폐로	동전으로	현금으로
so-ae-kui ji-pye-ro	dong-jeo-neu-ro	hyeon-geu-meu-ro
小面額的紙鈔	硬幣	現金

◆ 이 금액에 대해 환전해 주시기 바랍니다.

i geu-mae-ke dae-hae hwan-jeon-hae ju-si-gi ba-ram-ni-da.

請依照這個金額，換錢給我。

◆ 환전한 금액을 종이에 적으려 합니다.

hwan-jeo-nhan geu-mae-keul jong-i-e jeo-keu-ryeo
ham-ni-da.

我把想換的金額寫在紙上了。

◆ 만원짜리 지폐 열장을 원합니다.

ma-nwon-jja-ri ji-pye <u>yeol</u>-jang-eul wo-nham-ni-da.

我要<u>十</u>張一萬元的紙鈔。

여덟	열 다섯	이십
yeo-deol	yeol da-seot	i-sip
八	十五	二十

◆ <u>십만원</u>어치를 <u>오천원</u> 짜리의 지폐로
바꾸려 합니다.

<u>sim-ma-nwo-neo</u>-chi-reul <u>o-cheo-nwon</u> jja-ri-ui ji-pyero
ba-kku-ryeo ham-ni-da.

<u>五千</u>元的紙鈔換<u>十萬</u>。

천원	만원	삼십만원
cheo-nwon	ma-nwon	sam-sim-ma-nwon
一千	一萬	三十萬

◆ 나머지는 소액의 지폐로 바꿔 주십시오.

na-meo-ji-neun so-ae-kui ji-pye-ro ba-kkwo ju-sip-si-o.
其他的請幫我換成小鈔。

◆ 오천원어치를 오백원 짜리의 돈전으로
바꾸려 합니다.

o-cheon-wo-neo-chi-reul o-bae-kwon jja-ri-ui don-jeo-
neu-ro ba-kku-ryeo ham-ni-da.
我要五百元的銅板五千元。

백	오십	사천	삼천
Baek	o-sip	sa-cheon	sam-cheon
一百	五十	四千	三千

2 은행업무

eu-nhaeng-eom-mu

MP3-36 **銀行業務**

◆어디서 외화를 환전합니까?

eo-di-seo　oe-hwa-reul　hwan-jeon-ham-ni-kka?

請問在哪裡兌換外幣？

어느　창구에서	어느　카운터에서	몇　층에서
eo-neu　chang-gu-e-seo	eo-neu ka-un-teo-e-seo	myeot cheung-e-seo
哪一個服務台	哪一個櫃檯	哪一個幾樓

◆저는　이　여행자　수표를　바꾸려　합니다.

jeo-neun　i　yeo-haeng-ja　su-pyo-reul　ba-kku-ryeo
ham-ni-da.

我要兌換這張旅行支票。

수표를	약속어음을	미　만기　수표를
su-pyo-reul	yak-so-keo-eu-meul	mi　man-gi　su-pyo-reul
支票	即期支票	未到期支票

◆죄송합니다, 거스름돈이　틀렸습니다.

joe-song-ham-ni-da, geo-seu-reum-do-ni　teul-lyeot-seum-ni-
da.

對不起，你找錯錢了。

◆ 죄송합니다, 제 자료를 잘못
기입하셨습니다.

joe-song-ham-ni-da, je ja-ryo-reul jal-mot gi-i-pa-syeot-
seum-ni-da.

對不起，我的資料你填錯了。

◆ 이것은 이자를 지급합니까?

i-geo-seun i-ja-reul ji-geu-pam-ni-kka?

這個有付利息嗎？

◆ 어느것이 이자가 비교적 높습니까?

eo-neu-geo-si i-ja-ga bi-gyo-jeok nop-seum-ni-kka?

哪一種利息比較高？

◆ 저는 <u>새로운 계좌를 개설하려</u> 합니다.

jeo-neun <u>sae-roun gye-jwa-reul gae-seo-lha-ryeo</u> ham-
ni-da.

我要<u>開新帳戶</u>。

정기적금을 하려	송금을 하려
jeong-gi-jeok-geu-meul ha-ryeo	song-geu-meul ha-ryeo
存定期儲蓄	匯款

◆ 저는 관광객입니다, 여권도 됩니까?

jeo-neun gwan-gwang-gae-kim-ni-da, yeo-gwon-do doem-ni-kka?

我是觀光客，護照可以嗎？

외국인	단기 체류자	비자
oe-gu-kin	dan-gi che-ryu-ja	bi-ja
外國人	短期停留者	簽證

◆ 신분증이 없습니다, 대신에 다른 증명으로 가능합니까?

sin-bun-jeung-i eop-seum-ni-da, dae-si-ne da-reun jeung-myeong-eu-ro ga-neung-ham-ni-kka?

我沒有身分證，可以用什麼證件代替？

거류증	여권	사진
geo-ryu-jeung	yeo-gwon	sa-jin
居留證	駕照	照片

◆ 미국 달러로 바꾸는 것이 좋습니까,
아니면 엔화가 좋습니까 ?

mi-guk dal-leo-ro ba-kku-neun geo-si jo-sseum-ni-kka,
a-ni-myeon e-nhwa-ga jo-sseum-ni-kka?

請問換美金比較好，還是換日幣？

파운드화로	대만돈으로	중국돈으로
pa-un-deu-hwa-ro	dae-man-do-neu-ro	jung-guk-do-neu-ro
英鎊	台幣	人民幣

◆ 현금 자동 인출기가 있습니까 ?

hyeon-geum ja-dong in-chul-gi-ga it-seum-ni-kka?

請問有自動提款機嗎？

자동환전기	전담 서비스
ja-dong-hwan-jeon-gi	jeon-dam seo-bi-seu
自動兌換機	專人服務

◆ 신용카드로 현금 신용대출을 받을 수
있습니까 ?

sin-nyong-ka-deu-ro hyeon-geum sin-nyong-dae-chu-reul
ba-deul su it-seum-ni-kka?

我可以用信用卡預借現金嗎？

◆ 금고를 빌리려 합니다.

geum-go-reul bil-li-ryeo ham-ni-da.

我要租保險箱。

◆ 하루 빌리는데 얼마입니까?

ha-ru bil-li-neun-de eol-ma-im-ni-kka?

一天租金多少錢？

◆ 어디에 <u>서명을 합니까</u>?

eo-di-e <u>seo-myeong-eul ham-ni-kka</u>?

要在哪裡<u>簽名</u>？

주소를 기입합니까	전화번호를 씁니까
ju-so-reul gi-i-pam-ni-kka	jeo-nhwa-beo-nho-reul sseum-ni-kka
填寫地址	留電話

▲圖片提供／韓國觀光公社

韓語旅遊心情語錄

第十章

生病

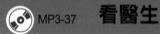
◆ **몸이　불편합니다**, 병원에　데려다
　주십시오.

mo-mi　bul-pyeo-nham-ni-da, byeong-wo-ne　de-ryeo-da
ju-sip-si-o.

我<u>不舒服</u>，請送我去<u>醫院</u>。

배가　아픕니다.	보건소	진료소
bae-ga　a-peum-ni-da.	bo-geon-so	jil-lyo-so
肚子痛	保健室	診所

◆ 저는　<u>피부과를</u>　가겠습니다.

jeo-neun　<u>pi-bu-gwa</u>-reul　ga-get-seum-ni-da.

我要看<u>皮膚科</u>。

안과	치과	산부인과
an-gwa	chi-gwa	san-bu-in-gwa
眼科	牙科	婦產科

◆머리가 아픕니다.

meo-ri-ga　a-peum-ni-da.

我頭痛。

눈이	이빨이	다리가
nu-ni	i-ppa-ri	da-ri-ga
眼睛	牙齒	腳

◆설사를 합니다.

seol-sa-reul　ham-ni-da.

我拉肚子。

설사	변비	구토
seol-sa	byeon-bi	gu-to
腹瀉	便秘	嘔吐

◆감기인 것 같습니다.

gam-gi-in　geot　gat-seum-ni-da.

我好像感冒了。

식중독인 것	더위를 먹는 것
sik-jung-do-kin　geot	deo-wi-reul　meong-neun　geot
食物中毒	中暑

◆ 저는 <u>당뇨병</u>이 있습니다.

jeo-neun <u>dang-nyo-byeong</u>-i it-seum-ni-da.

我有<u>糖尿病</u>。

고혈압	심장병	만성병
go-hyeo-rap	sim-jang-byeong	man-seong-byeong
高血壓	心臟病	慢性病

◆ 제 증세는 <u>콧물이 나고 현기증이</u> 있습니다.

je jeung-se-neun <u>kon-mu-ri na-go hyeon-gi-jeung</u>-i it-seum-ni-da.

我的症狀有<u>流鼻水和頭暈</u>。

기침	열	코막힘
gi-chim	yeol	ko-ma-khim
咳嗽	發燒	鼻塞

◆ 병원에 <u>입원해야</u> 합니까?

byeong-wo-ne <u>i-bwo-nhae-ya</u> ham-ni-kka?

我需要<u>住院</u>嗎?

수술을 해야	깁스를 해야	X 레이를 찍어야
su-su-reul hae-ya	gip-seu-reul hae-ya	X-rei-reul jji-keo-ya
開刀	上石膏	照 X 光

◆재 진찰을 받아야 합니까?

jae jin-cha-reul ba-da-ya ham-ni-kka?

我需要回診嗎？

◆다음 진찰을 미리 예약해야 합니까?

da-eum jin-cha-reul mi-ri ye-ya-khae-ya ham-ni-kka?

我要先預約下次的門診嗎？

◆얼마 후에 좋아집니까?

eol-ma hu-e jo-a-jim-ni-kka?

我要多久才會好？

◆저는 해외 의료보험이 있습니다.

jeo-neun hae-oe ui-ryo-bo-heo-mi it-seum-ni-da.

我有海外醫療保險。

건강보험	보험	대만의 보험
geon-gang-bo-heom	bo-heom	dae-ma-nui bo-heom
健康保險	保險	台灣的保險

◆저는 보험이 없습니다, 현금을 내겠습니다.

jeo-neun bo-heo-mi eop-seum-ni-da, hyeon-geu-meul
nae-get-seum-ni-da.

我沒有保險，要付現金。

◆영수증을 주십시오.

yeong-su-jeung-eul ju-sip-si-o.

請開收據給我。

의사 진단서를	입원증명을
ui-sa jin-dan-seo-reul	i-bwon-jeung-myeong-eul
醫生診斷證明	住院證明

● 模範計程車

　韓國首爾的計程車分為四種，一般計程車；模範計程車；
國際計程車；大型計程車。國際計程車最適合觀光客，車身
顏色是橘色，車資比一般計程車貴一些。一般計程車起跳價，
約為 3,000 韓元，折合台幣約 89 元，比台灣貴一點。司機
至少會講中、英、日其中一種，也不會讓不相識的陌生人共
乘，但是費用也相對較高。

　國際計程車，有提供接機、包車服務，但是這類計程車是
要先上網或電話預約，不是路邊隨手一招就會停的。

　到韓國觀光計畫搭乘預約計程車時，最好事先講妥價錢，
以免有爭議。

약국에서

yak-gu-ke-seo

在藥房

◆ <u>감기약</u>을 팝니까 ?

<u>gam-gi-ya</u>-keul　pam-ni-kka?

請問有沒有賣<u>感冒藥</u> ?

진통제	두통약	멀미약
jin-tong-je	du-tong-yak	meol-mi-yak
止痛藥	頭痛藥	暈車藥

◆ 저는　약물에　대한　과민　반응이　없습니다.

jeo-neun　yang-mu-re　dae-han　gwa-min　ba-neung-i
eop-seum-ni-da.

我沒有對藥物過敏。

◆ 조제를　부탁합니다.

jo-je-reul　bu-ta-kham-ni-da.

我要配藥。

第十章　生病

◆ 목이 아픈 것 같습니다.

mo-ki a-peun geot gat-seum-ni-da.

我感覺喉嚨痛。

코막힌	소화불량인
ko-ma-khin	so-hwa-bul-lyang-in
鼻塞	胃不消化

◆ 어제부터 몸이 안 좋았습니다.

eo-je-bu-teo mo-mi an joat-seum-ni-da.

從昨天就開始不舒服了。

그저께	아침	그그저께
geu-jeo-kke	a-chim	geu-geu-jeo-kke
前天	早上	大前天

◆ 무슨 병입니까?

mu-seun byeong-im-ni-kka?

我生了什麼病？

◆ 병원에 가야 합니까?

byeong-won-e ga-ya ham-ni-kka?

需要看醫生嗎？

◆저는 현재 <u>어떤 약도</u> 안먹고 있습니다.

jeo-neun hyeon-jae <u>eo-tteon yak-do</u> an-meok-go it-seum-ni-da.

我目前沒有服用<u>任何藥物</u>。

기탁 약을	양약을
gi-tak ya-keul	yang-ya-keul
其他藥物	西藥

◆길에서 넘어져, <u>다리를 삐었습니다</u>.

gi-re-seo neo-meo-jyeo, <u>da-ri-reul ppi-eot-seum-ni-da</u>.

我在路上跌倒，腳<u>扭到了</u>。

골절을 했습니다	피가 났습니다
gol-jeo-reul haet-seum-ni-da	pi-ga nat-seum-ni-da
骨折	流血

◆<u>소독약을</u> 팝니까?

<u>so-do-kya-keul</u> pam-ni-kka?

有賣<u>消毒藥水</u>嗎?

연고를	밴드를	약솜을	거즈를
yeon-go-reul	baen-deu-reul	yak-so-meul	geo-jeu-reul
藥膏	OK 繃	棉花	紗布

◆ 아스피린을 주십시오.

a-seu-pi-ri-neul ju-sip-si-o.

請給我阿斯匹靈。

해열제를	소염제를	지사제를
hae-yeol-je-reul	so-yeom-je-reul	ji-sa-je-reul
退燒藥	消炎片	止瀉藥

◆ 이 약은 효과가 있습니까?

i ya-keun hyo-gwa-ga it-seum-ni-kka?

這藥有效嗎?

◆ 이 약은 어떻게 먹습니까?

i ya-keun eo-tteo-ke meok-seum-ni-kka?

這藥要怎麼吃?

◆ 하루에 몇 번 복용합니까?

ha-ru-e myeot beon bo-kyong-ham-ni-kka?

一天吃幾次?

◆식전에　먹습니까　아니면　식후에　먹습니까?

sik-jeo-ne meok-seum-ni-kka a-ni-myeon si-khu-e meok-seum-ni-kka?

是飯前還是飯後吃?

●韓國國花

　韓國的國花是無窮花,學名木槿。木槿是錦葵目、錦葵科、木槿屬植物,又稱水錦花、白飯花、雞肉花、朝開暮落花。木槿是落葉灌木,冬季落葉,夏季開花。

▲圖片提供/韓國觀光公社

木槿花冠的顏色分為:淺藍紫色、粉紅色或白色,花瓣 5 片或為重瓣;雄蕊基部連合成筒包圍花柱;雌蕊花柱 5 條。

　由於木槿的生命力強,所以,韓國人以它為國花,象徵韓國堅韌的民族性格。

第十一章

意外事故

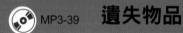

◆ 제 지갑이 없어졌습니다.

je ji-ga-bi eop-seo-jyeot-seum-ni-da.

我的錢包不見了。

여권	핸드백	핸드폰
yeo-gwon	haen-deu-baek	haen-deu-pon
護照	皮包	手機

◆ 제 물건을 택시에 두고 내렸습니다.

je mul-geo-neul taek-si-e du-go nae-ryeot-seum-ni-da.

我把我的東西忘在計程車上。

지하철	버스	상점
ji-ha-cheol	beo-seu	sang-jeom
地鐵	公車	商店

◆ 분실물을 신고하려 합니다.

bun-sil-mu-reul sin-go-ha-ryeo ham-ni-da.

我要登記遺失物品。

◆ 분실물을 수령하려 합니다.

bun-sil-mu-reul su-ryeong-ha-ryeo ham-ni-da.

我要失物招領。

◆ 빨간색의 손가방입니다.

ppal-gan-sae-kui son-ga-bang-im-ni-da.

是紅色的手提袋。

커피색	고급 브랜드	컬러 무늬
keo-pi-saek	go-geup beuraendeu	keol-leo mu-nui
咖啡色	名牌	彩色花紋

◆ 지금 저는 어떻게 해야 합니까?

ji-geum jeo-neun eo-tteo-ke hae-ya ham-ni-kka?

現在我該怎麼辦?

◆ 가방에는 제 이름이 쓰여져 있습니다.

ga-bang-e-neun je i-reu-mi sseu-yeo-jyeo it-seum-ni-da.

袋子上有寫我的名字。

◆ 찾게 되면 연락 부탁 드립니다.

chat-ge doe-myeon yeol-lak bu-tak deu-rim-ni-da.

找到後,請通知我。

◆ 이것이 제 연락처입니다.

i-geo-si je <u>yeol-lak-cheo</u>-im-ni-da.

這是我的<u>聯絡方式</u>。

전화	한국내 주소	핸드폰 번호
jeo-nhwa	han-gung-nae ju-so	haen-deu-pon beo-nho
電話	在韓國的地址	手機號碼

◆ <u>분실 신고서를</u> 기입하십시오.

<u>bun-sil sin-go-seo-reul</u> gi-i-pa-sip-si-o.

請填寫<u>遺失申報表</u>。

성명을	여권 번호를	유실물을
seong-myeong-eul	yeo-gwon beo-nho-reul	yu-sil-mu-reul
姓名	護照號碼	遺失物品

◆ 여기에 놓아둔 <u>여행 가방을</u> 보셨습니까?

yeo-gi-e no-a-dun <u>yeo-haeng ga-bang</u>-eul bo-syeot-seum-ni-kka?

請問你有沒有看到放在這裡的<u>旅行包</u>?

서류가방	책가방	물건
Seo-ryu-ga-bang	chaek-ga-bang	mul-geon
公事包	書包	東西

◆ 안에는 모두 <u>귀중품이</u> 들어 있습니다.

a-ne-neun mo-du <u>gwi-jung-pu-mi</u> deu-reo it-seum-ni-da.

裡面都是<u>貴重</u>的物品。

중요서류가	돈이	나의 물건이
jung-yo-seo-ryu-ga	do-ni	na-ui mul-geo-ni
重要文件	錢	我的東西

◆ 지갑 안에는 현금 6 만원의 한국 돈과한 장의 여행자 수표 천불이 들어 있습니다 .

ji-gap a-ne-neun hyeon-geum yung-ma-nwo-nui han-guk don-gwa han ang-ui yeo-haeng-ja su-pyo cheon-bu-ri deu-reo it-seum-ni-da.

裡面有現金六萬韓幣和一張一千元美金的旅行支票。

◆ 누군가 저의 검정색 여자 지갑을 여기에 보내오지 않았습니까 ?

nu-gun-ga jeo-ui geom-jeong-saek yeo-ja ji-ga-beul yeo-gi-e bo-nae-o-ji a-nat-seum-ni-kka?

請問有沒有人送一個黑色的女用皮夾到這裡。

◆ **어디서 잃어버렸는지 모르겠습니다.**

eo-di-seo i-reo-beo-ryeon-neun-ji mo-reu-get-seum-ni-da.

我不知道是在哪裡遺失的。

◆ **만약 물건을 되찾지 못하면 어쩌지요?**

man-nyak mul-geo-neul doe-chat-ji mo-ta-myeon eo-jjeo-ji-yo?

如果東西找不回來怎麼辦？

● 陶瓷

　陶瓷是韓國著名的藝術品之一，韓國獨特的陶瓷鑲嵌技術與精緻的花紋，燒製成曲線完美的翡翠色高麗青瓷。

　高麗青瓷需先在瓷胚雕上花紋，在雕妥的紋路上，填上新的泥釉，燒焙前將多餘的泥釉由上而下剝刮，此過程需重複製作，所以，稱為鑲嵌技術。

　韓國京畿道的利川市向來以陶瓷聞名，利川陶藝村是著名的觀光景點，這裡盛產適合製作陶器的泥土、木頭及不含礦物的水源，提供了發展清瓷的最佳環境。

▲圖片提供／韓國觀光公社

2 길을 잃어버림

gi-reul i-reo-beo-rim

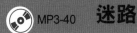 迷路

◆ 길을 잃어버렸습니다, 도와 주십시오.

gi-reul i-reo-beo-ryeot-seum-ni-da, do-wa ju-sip-si-o.

我迷路了，請幫幫我。

◆ 여기가 어디입니까?

yeo-gi-ga eo-di-im-ni-kka?

請問這裡是哪裡？

이 거리가	이 정거장이	이 곳이
i geo-ri-ga	i jeong-geo-jang-i	i go-si
這條街	這一站	這個地方

◆ 저는 관광객입니다, 천천히 말씀해 주십시오.

jeo-neun gwan-gwang-gae-kim-ni-da, cheon-cheo-nhi mal-sseu-mhae ju-sip-si-o.

我是觀光客，請講慢一點。

다시 한 번 말씀해 주십시오	지도를 그려 주십시오
da-si han beon mal-sseu-mhae ju-sip-si-o	ji-do-reul geu-ryeo ju-sip-si-o
再說一次	畫地圖給我

第十一章 意外事故

213

◆ 그곳은 여기서 멉니까?

geu-go-seun yeo-gi-seo meom-ni-kka?

那裡離這裡遠嗎？

당신이 말한 곳	제가 가고 싶은 곳
dang-si-ni ma-lhan got	je-ga ga-go si-peun got
你説的地方	我要去的地方

◆ 얼마나 가야 합니까?

eol-ma-na ga-ya ham-ni-kka?

請問要走多久？

얼마나	어느 길	몇 분
eol-ma-na	eo-neu gil	myeot bun
多遠	哪一條路	幾分鐘

◆ 걸어가면 몇 시간 걸립니까?

geo-reo-ga-myeon myeot si-gan geol-lim-ni-kka?

走路要花多久時間？

지하철을 타면	버스를 타면
ji-ha-cheo-reul ta-myeon	beo-seu-reul ta-myeon
坐地鐵	搭公車

◆다른 길이 있습니까?

da-reun gi-ri it-seum-ni-kka?

有其他的路嗎?

간단한 노선	지름길	쉬운 길
gan-da-nhan no-seon	ji-reum-gil	swi-un gil
簡單的路線	捷徑	好走的路

◆부근에 잘 보이는 건물이 있습니까?

bu-geu-ne jal bo-i-neun geon-mu-ri it-seum-ni-kka?

附近有明顯的建築物嗎?

상점	빌딩	광고간판
sang-jeom	bil-ding	gwang-go-gan-pan
商店	大樓	招牌

◆앞입니까, 뒤입니까?

a-pim-ni-kka, dwi-im-ni-kka?

是前面還是後面?

우회전	좌회전	동쪽으로
u-hoe-jeon	jwa-hoe-jeon	dong-jjo-keu-ro
右轉	左轉	往東

◆ 남쪽으로 가야 합니까?

nam-jjo-keu-ro ga-ya ham-ni-kka?

我應該要往南走嗎?

서쪽으로	북쪽으로	곧 바로
Seo-jjo-keu-ro	buk-jjo-keu-ro	got ba-ro
往西	朝北	直

◆ 저는 관광객입니다, 저도 모르겠습니다.

jeo-neun gwan-gwang-gae-kim-ni-da, jeo-do mo-reu-get-seum-ni-da.

我是觀光客,我也不知道。

◆ 죄송합니다, 무슨 말씀인지 못 알아 듣겠습니다.

joe-song-ham-ni-da, mu-seun mal-sseu-min-ji mo-ta-ra deut-get-seum-ni-da.

對不起,我聽不懂你說什麼?

◆ 여기서 제일 가까운 지하철 역이 어디 있습니까?

yeo-gi-seo je-il ga-kka-un <u>ji-ha-cheol yeo-ki</u> eo-di it-seum-ni-kka?

請問離這裡最近的<u>地下鐵入口</u>在哪裡？

기차역이	편의점이	주유소가
gi-cha-yeo-ki	pyeo-nui-jeo-mi	ju-yu-so-ga
火車站	便利商店	加油站

世界最簡單　自助旅行韓語
(附QR Code線上音檔)

作者／林大君 , 朴永美
責任編輯／ Vivian Wang
封面設計／李秀英
內文排版／林樂娟
出版者／哈福企業有限公司
地址／新北市板橋區五權街 16 號 1 樓
電話／(02) 2808-4587
傳真／(02) 2808-6545
郵政劃撥／ 31598840
戶名／哈福企業有限公司
初版一刷／ 2022 年 12 月
初版二刷／ 2024 年 3 月
定價／ NT$ 349 元
港幣定價／ 116 元
封面內文圖 / 取材自 Shutterstock
感謝韓國觀光公社台北支社所提供的各項資料

全球華文國際市場總代理／采舍國際有限公司
地址／新北市中和區中山路 2 段 366 巷 10 號 3 樓
電話／(02) 8245-8786
傳真／(02) 8245-8718
網址／ www.silkbook.com 新絲路華文網

香港澳門總經銷／和平圖書有限公司
地址／香港柴灣嘉業街 12 號百樂門大廈 17 樓
電話／(852) 2804-6687
傳真／(852) 2804-6409

email ／ welike8686@Gmail.com
facebook ／ Haa-net 哈福網路商城

電子書格式：PDF

國家圖書館出版品預行編目資料

世界最簡單 自助旅行韓語 / 林大君, 朴永美 合著.
-- 新北市：哈福企業, 2022.12
　面；　公分. -- (韓語系列；22)
ISBN 978-626-96765-0-7 (附QR Code線上音檔)

1.韓語 2.旅遊 3.會話

803.288

哈福